息子ってヤツは

室井佑月

目次

受験生活編

受験前夜編

番外編　中学生ってヤツは

息子ってヤツは

室井佑月

プロローグ

人生なんて博打だと思っている。長いとも短いともいえない自分の人生の中で、何度か当たりを引いて、何度か外れを引いた。そんな経験を踏まえた上で、わかったことはひとつ。犯罪をおかすとか人から恨まれるようなことでなければ、勝負に出たほうがいい。大抵は失敗しても許される。命までは取られっこない。なら、一か八かで勝負に出ずしてどうする？

ひょっとして、当たることもあるのに。

どうせ、頑張っても１００歳くらいまでしか生きられない。あたしは酒も煙草もやるので、せいぜい70歳くらいまでか。ということは、たとえ取り返しがつかない失敗をしでかしても、50年くらい我慢すればいいだけのこと。50年なんて、長いようでさほど長くない。ちょっと辛抱していれば、やがてお迎えがやってくる。失敗したことで、最後の寝床が病院の大部屋か個室くらいの差はあるだろうが、そんなこと大したことじゃないだろう。「あのとき、こうすればよかった……」と後悔するよりは――。

ずっと、そんな風に考えていた。というか、それがあたしの信条だった。けれど、１８０度変わった。子どもを生んでから。

博打なんてとんでもない。すべてにおいて、安心、安定、穏やかがいい。

たぶん、子どもを生んで育てることは、博打好きであったあたしの人生の中でも、初の大博打なんだろうと思う。

今までは自分の残りの人生を賭け、勝負をしてきた。自己責任というやつで。しかし、親となれば、子どもの責任も負う義務が生じる。子どもが成人したとしても、大変なことをしでかしたら、それまでどういう教育をしてきたのか責任が問われる。子どもは急に大人になるわけじゃない。どこでどういう育て方をされたかによって、まったく違った大人になったりする。

そして、大変なことが起きてしまった場合、親であるあたしが残りの人生を差しだすといっても、許されないことのほうが多いように思う。いや、許されないだろう、絶対。

考えれば考えるほど、気が重い。やはり、どう育てるか、そこを間違ってはいけないのだ。そこが勝負のしどころだ。

子育ての本や教育関係の本を、何冊読んだことか。少年犯罪についての本も。どう育てればいいのか、悪いのか、確率の勉強をしようと思って。しかし、これがさっぱりわからない。勉強すればするほどわからない。

放任ではいけない、過保護じゃいけない、教育に金をかけたほうがいい、かけないほうがいい、母親は働いているほうがいい、専業主婦のほうがいい、書かれてあることはてんでバラバラだ。

こうなってくると、息子が良い男になるのか、駄目な男になるのか、重要なのは運のような気がしてきた。勉強したり考えたりするのに、最近、飽きてきたのかもしれない。

いやいや、親として、そんなことじゃいけないだろう。飽きたといって、放棄できることではないのだから。

親のいちばんの義務は、子どもをできるだけ完璧に近い大人として世の中に送りだすこと。その際、大切なのは、基本的な道徳心と、基本的な社会ルール。そのくらいはわかる。でも、その先がわからない。

そりゃあ、頭も性格も顔も良くなれば申し分ないが、所詮、あたしの息子である。

そう、所詮、あたしの息子なんである。それでも、なんとか教育の力で、これからの努力で、少しでも良い男になってほしいと願ってしまう。親のいう『普通がいちばん』という言葉は、嘘だ。いや、全くの嘘じゃない。犯罪とかをおかしてくれるな、ってこと。最低限の望み。

考えてみたら、最低のことばかり想像し、最高になるわけがなかった。そもそも目指すべき最高とは、どういう男のことをいうんだろうか。

なお、親であるあたしの器や財力を考えると、息子に対し、いいと思われることをなんでもかんでも試せるわけじゃない。となると、教育も一点豪華主義になる可能性が……。やはり、博打か。

＊　＊　＊

ジェンダーフリー教育が一般的になっているが、あたしは反ジェンダーフリー教育論者だ。独り息子によくいう言葉は、『男のくせに！』。男なんだから強くなれといっている。時代遅れだとフェミニズム団体の方からお叱りをうけるだろうか。

いや、叱られはしないだろうな。だって、『ほんとうは弱いんだから』という気持ちから、『男のくせに』という言葉を使っている。あたし自身、女のほうが生き物として優秀だと思っている。どんなに威張り腐った男だって、女の股から泣きながら生まれてくるのだ。

だいたい、男の急所というのは、喉仏やおチンチンのように、なぜ出っ張っているんだろうかと不思議に思う。そこを狙われたら不味かろうに。わざわざ狙ってくれといっているよう。生き物としておかしくないか。

自殺率が高いのも男だ。女は自分がこの世から消え、それですべてを終わりにしたいなんて最後の最後まで考えない。こんなに辛いのだから、まわりにも迷惑をかけてやりたい、心配させたいと思うのが女のような気がする。

赤ん坊の頃、高熱を出したりするのも男の子のほうが多いそうだ。

あたしは思う。男は哀れな生き物であると。

女は子どもを生めば、それでこの世に生まれた目的の半分以上を達成出来る気楽な存在だ。子を生まなくても、そのときその場で、自分なりの幸せを見つける強さも持っている。

でも、男は違う。死ぬまで延々と自分はなんで生まれてきたんだろうか、自分はなにをしたいんだろうかと考えつづける。生き物として、女より不器用なんだろう。

まあ、そんな男らしい男も、この頃は少なくなってきているように思う。そう、あたしが考えるに、『自分はなんのためにこの世に生まれてきたんだろう』とウジウジ思案している男こそ、男らしい男といえる。マッチョで威張っている男が、男らしいというのは間違った認識だ。男は哀れであるのが正しい。

哀れという言葉を辞書で引くと、１『心を深くうつような感動、しみじみとした趣』、２

『かわいそうな様子、みじめ』と書いてある。

あたしは息子に男らしい男に育ってほしいから、哀れであることを要求する。そのように生きることができれば、男としての人生を謳歌し、異性から好まれるはずである。

なお、2の『かわいそうな様子、みじめ』というのは、負けつづけて金がない、ということではない。女から手を差し伸べられる男、として受け取っていただきたい。

はじめに話したが、女じゃないと子は生めない。出産は命を賭ける行為である。つまり、この男のために命を賭けてもいいか、という女の上から目線の気持ちがないと子孫は残せないのである。

セックスだっておなじだ。自分の体内に、男の一部が入ってくるのだ。受け入れてやるという、女の上から目線の気持ちが必要だ。

けれど、男も少しずつ進化しているようである。雑誌で読んだ、最近はメソメソと泣く男が増えてきたとか。『ほんとうは弱い』とさらけだしたほうが得であると、一部の男は気づきはじめたようだ。それは哀れであることと、似ているようで真逆だ。弱いくせに強がるのが本物なのだから。

このことについて、あたしはとても怒っている。メソメソ泣く男の母親は、息子にどんな教育を施したのか。自分の息子さえ楽に生きられればと、そう考えているのだろうか。許せない。女の中の裏切り者である。

女のほうが生物として強い。生物として強いから、虐げられることはあっても負けなかった。男に苛められても、躊躇することなく男を生んできた。そして、少しずつ少しずつ、自分の子どもから洗脳し、我々女が生きやすい時代を作ってきた。『女は弱い。男は守ってあげるべきだ』という洗脳だ。

メソメソ泣く男の母親は、歴史上の偉大な女の功績をどう考えているのだ。自分さえ良ければそれでいいのか。そういう気持ちが、平和な世の中を壊していくのだ。環境破壊にしてもそう。

……あ、話がちょこっとズレてしまった。そういえば昨晩、息子が鼻をほじって、その後、鼻くそを食べていた。

「汚い。ティッシュに包んで捨てなさい」

あたしがそう叱ると、息子は、「ティッシュはいいの。小さなエコ活動。地球に優しい男だから」

といっていた。うーん、ものの道理は合っている。というか、ちゃんと哀れに育っている。キュッと抱きしめたくなったもの。

＊　＊　＊

息子は今、小学校3年生だ。東京では中学受験をするなら、4年生からの塾通いが一般的らしい。それは都内出身者から聞いて知っていた。

しかし、塾にも入塾テストがあるなんて。塾なんてものは、お金さえ払えば誰でも入れてくれるのかと思っていた。

昨日はその入塾テストの日であった。まだ3年生だけど、4年生から塾に通うためには、テストを受けなきゃならない。

塾はお客である生徒を早く確保したいに違いない。なら、テストなどせず全員受け入れろというのだ。

まあ、少子化の昨今、塾も競争が激しいと聞いた。今後の経営を考えれば、少しでも頭の良い子を取りたいってことなのだろう。のちのち合格率などを出さなきゃならないし。

いいよ、そっちがその気なら、こちらも頑張るまでだ。あたしたち親子は2カ月前から30分も早く起き、漢字の書き取り勉強をしてきた。算数の計算ドリルもしてきた。

自信満々で出かけていった。が、結果は散々であった。テストが終わってから問題を見せてもらったが、なんだか意地悪ななぞなぞみたい。国語も算数も文章問題が多く、漢字なんて出ないし、計算もあまりなかった。

「なんじゃこりゃ！」

あたしが叫んだら、息子は女の子みたいにくすくす笑った。

「オレもテスト用紙みて同じことを心の中で叫んだ。親子だね」

「うん。親子だ」

あたしたちは塾からの帰り道、どちらともなく手をつなぎ――。という心温まる良い話では終わらないって。

あたしたち親子はまた負けてしまった。いったいなんの勝負なら勝てるのか、いや、なんのジャンルなら勝負になるのか。スポーツも駄目だしな。

息子はあたしに似て運動オンチだ。体はデカいのに、スポーツがまったく駄目。笑っちゃうくらいできない。縄跳びをすれば紐が足に絡まり、駆けっこをさせればなにもない所でこける。

幼稚園くらいまでは得意なのかと誤解していた。サッカーをやると、真っ先にゴールを決めるのは息子だった。ひょっとして未来の中田？　一瞬だけど、そんな夢を抱いた時期もあった。

けど、今ではわかる。身体が横にも縦にもデカいから、みんな息子とぶつかるのが厭だっただけだ。ブルドーザーが向かってきているみたいで。

そう、息子はパワーだけはある。こうなったらボクシングだと考えた。たまたま家の近くにジムがあったので、1年生のときから通わせた。何発打たれても一発で逆転させるハードパンチャー。あたしが最も好きなタイプのボクサーだ。

でも、そういうことではないらしい。コーチから練習で対戦してみないかといわれ、

「オレ、そういうのはちょっと……。殴られるのも殴るのも厭だから」

などと情けないことをいいだした。要するに、向いてないのだ。

ええい、だったらなににでおまえは身を立てるのだ？　なにでいちばんになる？

あたしはバカ母であるから、息子にはなにか特別の能力が備わっているのだと信じてやまない。もしかして「勉強か？」と思い訊ねてみたら、「オレ、勉強は好きだよ」という答えが返ってきた。

そして、大卒の友達に訊ねたり、ネットで調べたりしているうちに、塾に入るという答えが出て、入塾テストを受けさせてみたわけである。

入塾テストを受けた帰り道、息子があんまり強く手を握ってくるものだから、

「大丈夫だよ。おまえはいわゆる美男子ってわけじゃないけど、良い顔をしてる」

とわけのわからないことをいってしまった。

「それって誉めてるのかよ」と息子。

「ママは世界一、宇宙一おまえのファンだ」

「うぜぇよ」

軽くいなすようにいわれた。そういえば、息子はうるさい女の対処だけは上手い。あたしも、あたしの周りの女友達も、みなエキセントリックであるから。それは見事に、うるさい女を闘牛士のようにさばいていく。もしかすると、息子の特質はそこにあるのかもしれない。

突然、コンビニで立ち読みした怪しいオカルト誌の記事が頭に浮かんできた。

それには、環境ホルモンの影響で、男の子が生まれにくくなってきていると書かれてあった。なんでも男の遺伝子は女の遺伝子より弱く、母親のお腹の中で男に生まれるはずだった赤ん坊も女になってしまうのだとか。

男の数が減れば、おのずと強い女が増えてく。強い女は強い男をパートナーに選ばない。ほどほどのうるさくない男が好まれるんじゃ……。

いくら負けがつづいているからって、心の拠り所が怪しいオカルト誌ってどうよ？　またイチから対戦の企画を立てよう。勝てるまでつづく。

理想の男に育ってほしくて

最高の男とは、どういう男のことをいうのだろうか。

きっとそれは、個人個人によって違う。

たぶん、そのときのパートナーとして都合のいい男が、自分にとっての良い男なのだろう。

優雅な専業主婦が女としての最高の生き方だと信じている人は、威張りん坊でも稼ぎのある旦那がいいはずだし、自分の評価を外に求めようとする人は、決して威張らず嫉妬も邪魔もしない大人しい旦那のほうがいいはずだ。

そう考えれば、相性や出会いによって、誰もが誰かの最高になれる可能性があるわけだ。

しかし、あたしはそういう心温まる話がしたいわけじゃない。簡単な、生き物としての強さみたいな話がしたい。

息子が小学生のとき、

「なんで今、勉強をしなくちゃならないの?」

そう訊ねられたので、真剣に考え、

Column 00

「それはね、大人になったときに魅力的な雌を手に入れるためだ」と答えた。

容姿は簡単に変えられない。おなじ容姿なら、賢い雄のほうが好まれるはず。違うか？

これには別バージョンの回答もあって、

「やりたいことがあったとき、すぐ動けるように」

というものだ。こっちはまだ息子に話していない。

大人になると、努力しても結果を出せないことが多い。だが、努力せず結果に結びつくこともない。

子どもの頃の勉強って、すぐに結果として表れる。

漢字の書き取り、計算練習。家でちょっと勉強すれば、満点だ。あたしは息子が子どものうちに、努力した結果としての成功体験をいっぱい作ってやりたかった。

それは、大人になったとき、やりたいことがあったら即、行動できる人間になるためだ。やれば出来る、そういいつづけちっとも動かない人間をたくさんみてきているから。

やらなきゃなにごともはじまらない。駄目でもともと、やってみる。

あたし自身、そういう押しの強さで生きてこれたような気がする。

だけど、好きなタイプは、才能で生きてる人。詩人とボクサーは、世の中の人間の中で別格だと思ってたりする。

息子には詩人もボクサーも無理そうで、ここだけの話、少し残念である。

入塾編

塾ってヤツは

小3　11月

案の定、大手進学塾の入塾テストに息子は落ちてしまった。テストは学校では教えてくれないはじめて見るような問題ばかり。親子揃ってなぞなぞかと思ってしまったんだから、落ちてしまうのも無理はない。

でも、悔しい。もちろん、あたしは諦める気なんてない。だって、入塾用の勉強をしていなかったのが悪かっただけだ。不合格の通知を受けたその日、大手塾が出している問題集を買ってきた。これで次は大丈夫。

さあ、これからママと一緒に、この問題集をやっつけてみようではないか。翌日から、机の前に一緒に並んで、さっそく問題集を開いてみた。

息子は「嫌だ」とはいわなかった。あたしを怒らすと面倒くさいからか。ただ、不合格という事実にはさほど落ち込んではいない様子。

苦労して3問くらい問題を解いたときであった。息子がこんなことをいいだした。

「なあ、どうしても塾って入んなきゃいけないの？」

なにをいうんだ、この男。せっかくママは燃えているのに。ものすごく動揺したが、努めて冷静に答えた。

「おまえがどうしても入りたくないっていうなら、入らなくてもいいよ。ただ、このままではムカつかない？　もう一度、テストを受けて合格し、入るか入らないかはこっちが決めるってところまで頑張ろうよ」

「べつにオレはムカついてないんだよ。それに、せっかく合格しても入らないってこともあるんなら、こんな問題集、解く意味あるかな」

正論である。あたしはぐっと押し黙った。息子がつづける。

「ほんとうはあの塾に入れたいんだろ」

「……うん、ほんとはね」

「なら、なんで嘘つくの？」

「ごめん」

そのときは、あたしが謝罪したことによって場はまるく収まった。が、あたしはその後も独りで悶々と考えつづけていた。なぜ、あたしはくだらない嘘をついたのか。

今度のテストでも落ちてしまったら、息子が傷つくと思い、どうしてもその塾に入れさせたいとはっきりいえずにいるのか。いいや、こんなに息子が頑張っているのだ。あたしは落ちるなんて思っていない。

ほんとうか？　たぶん、嘘である。息子のことは盲愛しているが、その能力を盲信しているわけではない。

なら、あたしが息子によくいう『やれば出来る！』というのも嘘になる。やってもやっても出来ないことがあるということを、あたし自身よく知っている。

たとえば、あたしは良い妻になって平和な家庭を築くことを目指していたが、あたしが考える良い妻としての行動は、やればやるほど元旦那であった人に疎まれた。努力が実にならないことは、この世にはいっぱいある。

あたしは息子の部屋に戻った。息子はベッドで寝転んで、プレイステーションで遊んでいた。あたしは息子の脇腹あたりに座って、もう一度謝った。

「さっき嘘ついてごめんね。ママはあの塾に入ってほしいと思ってる。だって、あの塾に入っていると、中学受験に有利だから。おまえのために、それがいいんじゃないかと思って。ただ、また落ちるかもしれないじゃん。その可能性はゼロじゃないよね。落ちたときに『オレの能力はこんなものか』って凹むおまえを見たくないの。『なにくそぉ』って頑張ってもらいたい」

息子はプレステから顔を上げ、にやりと笑った。

「もういいよ。それより、合格したらご褒美、買ってくれないかな。オレ、前から犬が飼いたいっていってたじゃん」

あたしは無言で息子の部屋を出た。こんなにも息子のことを考えているのに、どうして条件を出されなきゃいけないのか。

てかさ、条件って女が出すものかと思っていた。キャバ嬢がオジサンとご飯を食べる代わりに、ブランドバッグを買ってもらうとか。男にプロポーズされ、「その代わり仕事はつづけるわよ」と答えるとか。

あたしたち親子は男と女が逆さまになっているのかもしれない。普通に考えれば、『なにくそっ』と頑張るのが男で、条件を出してくるのが女だ。

母親であるあたしが男のように強いから、息子が女のようにしたたかに育ってしまうのか。

小3　12月

小学校も冬休みに入り、息子は朝から家でだらだらしている。すっごく目障りなんだよねっ。あたしはまだ今年中に書き上げなきゃいけない原稿がいくつもあるのに。

これらの原稿を終わらせないと、正月はこない。いや、誰のもとにも正月はやってくる。ただし、締め切りをすっ飛ばすなんてことをしたら、「正月だけじゃなく、ずっと休んでたら?」といわれてしまうに違いない。

早く仕事を終わらせて、あたしも冬休みに突入したいものだ。朝から酒を飲み、横になってくだらないテレビを観たい。

が、ギリギリまでかかっちゃうんだろうな。家に息子がいるから、なかなか集中出来ないでいる。こらっ、デカい音でスーパーマリオをやるんじゃねぇ。マリオのテーマソングをバックに原稿なんて書けるかよっ。

あたしがそう怒鳴ると、息子は「わかったよ」と一言つぶやき、今度は漫画を読み出した。たまにグフッ、グフフ、とウシガエルの鳴き声のような音が聞こえてくるのは、押し殺した息子の笑い声。一応、仕事をしているあたしに気を使っているのだと思われる。

でも、それさえも気になるの。締め切りに追いつめられているあたしには。

息子の正面にいって、漫画を取り上げた。そして、いった。

「ママも仕事してるんだから、あんたも勉強したら？」

「勉強ならしたよ。ママにいわれて今朝、漢字の書き取り30分したじゃんか」

それは学校の宿題だろう。最低限、やらなきゃいけないことだろう。

もうすぐ塾のクラス分けテストもある。３年後には中学受験だ。

なのにこいつは、学校の宿題さえもあたしと30分やるかやらないかの言い争いをし、30分
イヤイヤ机に向かっているという感じなのであった。

「塾のクラス分けテスト、いちばん馬鹿なクラスになったら恥ずかしくない？」

「たぶん、いちばん馬鹿なクラスにはならないよ。いちばん良いクラスにもならないと思う
けど」

「いちばん良いクラスになるよう頑張れ！」

「あ、オレ、そういうのと違うから」

はあ？　なんというやる気のなさだ。『自分より勉強のできる子がいて悔しい！』とか『なにくそ、オレはもっとできるはずなんだ！』とか、そういう風には絶対ならない。

まさしく、あたしの子どももなんだろうね。間違いなく。

考えてみたら、年末のこの時期にまだ原稿に追われている自分はどうだ？　物書きになって12年、年末は締め切り日が重なるとわかっているはずなのに。

わかっているのに、ギリギリまで手をつけられない。面倒くさいことは後回しにしてしまう。

連載原稿は一度も落としたことがないけれど。編集者に怒られるのも面倒なので、締め切り日ギリギリにイヤイヤ机に向かう。

イヤイヤ机に向かって書くものは、可もなく不可もなくといった程度か。息子とおなじく、いちばん馬鹿なクラスにはならないが、いちばん良いクラスにもならない。我ながら、ゆるくクラゲのように世の中を漂ってきた。

今まではそれでなんとかなった。でも、これからはそうはいかないかもしれない。不景気で雑誌も出版される本も少なくなってきている。締め切りに間に合わせて原稿を送るという最低限のことだけしていたら、生き残れないかも。クラゲから脊柱動物に進化しなくては。

あたしは息子に固く誓った。

「来年こそ、あたしたちは変わろう」

でもなぁ、とりあえずこの締め切りラッシュを抜けたら酒を飲んでだらだらしたい。2、3日だけでも。

真似されたら厭なので、一応、保険をかけておいた。

「じつはさ、あんたはママじゃなく、パパに似てるの。今まで内緒にしてたけど、パパは勉強の好きな人で、大学教授をしている」

息子はかなり驚いていた。喧嘩別れした元旦那のことを、はじめて話したからだ。

こんなところで話すなんて、自分自身、思ってもみなかった。とにかく、来年は頑張るつもり。

思春期の頃、好きな男が出来ると『愛している』なんていったりしていたが、今考えるとあれは『山』『川』という忍者の暗号のような言葉だったのかもしれない。『愛している』といえば、『愛している』と返ってくるから。

だいたいあたしは、息子が出来るまでの30年間は、自分のことしか考えてこなかった。あたしは親が年老いてから生まれた独り娘で、ずいぶん甘やかされて育った。おかげで自己中心的で我が儘な女になってしまったが、そういう性格をまわりから非難されようとも、押し通せる強情さもあった。

その性格が良かった風に働いたことも、悪かった風に働いたこともある。

自分以外に興味はないのだから、他人の意見も気にしない。世間にはびこるイジメで厭な思いをしたことはない。どこにいってもミソッカスで、苛められたこともあったようだが、第三者に教えてもらうまで気づかない。

ただし、集団生活がまともに出来ない。学生時代は最悪だった。酷い落ちこぼれ。会社勤めをしたこともあるが、正社員なのにアルバイトより先にリストラされた。思い返せば、世の中のありとあらゆる集団から、いらない人間と判断されてきたように思う。

そして、ある程度年齢がいってからは、この性格は恋愛向きではないのだとわかった。

相手の気持ちを読むことが、あたしには難しい。わかるのは自分の気持ちだけだ。

鬱病の人が『頑張れ』といわれて落ち込むのに似ているかもしれない。相手から『どうして自分の気持ちがわからないのか』と詰め寄られても、それが出来ればどんなにいいかと願っているのも自分。ほんとうに、難しいことなのだ。

そう、あたしは相手を中心にする想像ができない。自分を中心にすれば、どこまでも想像は広がっていくのだけど。

だから、あたしの書く物語の主人公は、みんなあたしだ。少年だろうと老婆だろうと。売春婦だろうと優等生だろうと。すべて自分。巫女のように、その人物になりきる。

テレビのコメンテーターもさせてもらっているが、適度なコメントをすることも下手くそだ。被害者や容疑者になりきって過剰な反応をしてしまったりする。その結果、何日も厭な気持ちを引きずったままでいたり、怖い夢にうなされたり、酷いクレームを受けたり。最近だ、ようやく世間という漠然としたものに感情移入出来るようになったのは。しかし、睡眠導入剤とアルコールで強制的に一日を終わらせる癖はついたままでいる。

　こんなあたしであるから、誰かとともに切磋琢磨で人として成長していく、なんてつき合いは無理だ。わかるのは自分の気持ちだけだから。

　相手が病的な浮気性であろうが、DV男であろうが、自分が好きなら別れない。好き、というか納得するまで。逆に、自分の気持ちが冷めたら、とっとと別れる。ルールがはっきりしていて、わかりやすいといえばわかりやすいのだが、それって相手に対してはどうなのか。たぶん、恋愛中の相手と話をしていても、気になるのは自分だったりする。恋愛したときに、自分はどう変化するのか知りたい。喧嘩をし、相手に酷い言葉をいわれたとき、自分がどう感じるのかが知りたい。はじめから独りで相撲をとっているようなもの。

　我ながら、欠陥人間だと思う。が、相手の男も自分の意思で、あたしを選んだんだから仕方ない。べつに命令して、つき合ってもらってたわけじゃない。大人なんだし自己責任ということで勘弁してくれ、と開き直っている。どうしようもないので。

　ところが、である。息子についてはこの考え方は当てはまらない。あたしの腹から出てきた、あたしによく似た別個の人間。あたしはこの男を、作りたくて作った。

　自分で作ったものだし、よく似ているからと、物事を自分の感情のままに推しすすめることが出来るかというとそうもいかない。まったく別の感情をぶつけられて驚いたりする。

しかも、いつのまにか息子中心で物事を動かしたり、考えたりしているから不思議だ。

息子が嬉しそうにすると、自分にいいことがあったときより嬉しい。息子が悲しそうな顔をしていると、あたしは死ぬほど辛くなる。

もちろん、息子中心で物事をすすめるといっても、やつの心の中をこじ開けて見ることは出来ない。あくまで、やつはそう感じているだろうと察しているだけ。

ひょっとして、こういうことを愛しているっていうのかもしれない。いまさら、なにを……って感じかもしれないけれど。

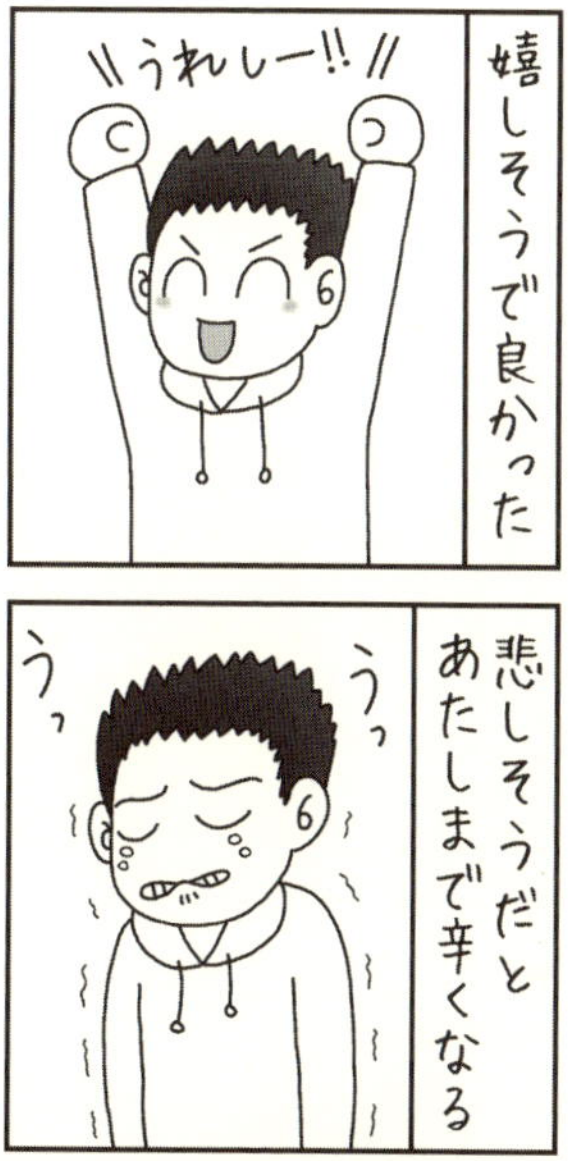

小3　3月

先週からつい飲みすぎてしまう。塾の成績クラス分けテストで、息子のクラスが上がったからだ。計画通り。酒が美味しいったらない。

といっても、まだまだ先の道のりは長い。塾のクラスは『松・竹・梅』のように3段階にわかれている。息子は現在、竹の位置。受験のことを考えれば、5年生までに松に入れておきたいものである。

それにしても、よくやった。梅クラスの末端から、2回のテストでよく真ん中までいけたものだ。

「やれば出来る！」

あたしはその言葉が嫌いだが（自分がいわれたらムカつくので）、ここ数日は酒が入ると息子を呼びつけ、頭を撫でながら何度も連呼してしまったりする。

「おまえはやれば出来る子だ！」

息子は満更でもない様子。

「オレ、次は絶対にいちばん良いクラスにいくからよ。絶対に」

いや、いくらなんでもいきなりそれは無理。かろうじて今回、竹クラスに入れたのだ。とりあえずは、竹クラスに留まれるように頑張れや。

しかし、息子の鼻息は荒い。それは悪いことじゃない。

こういうときは、どこまでも調子づかせるのがたぶん正しい。面白いくらいノリノリになってゆくのが男だ。

「ひょっとしたらひょっとして上のクラスにいくかもね。その可能性はゼロじゃないよ。あんた、勉強が好きだしさ」

『あんた勉強が好きだから』という言葉を、くり返し使うのがミソである。そうなってほしいから。

外に働きにいく前に、「あんた勉強が好きだからママは必死で働かなきゃね。大学までの費用を貯めとかなきゃいけないし」と声をかけてみる。

息子が学校の宿題をふて腐れながらしているときにも、「へえ、学校から帰ってきたのにまた勉強しているの？　ほんと、勉強が好きなんだから」とつぶやいてみる。

そういう地道な努力をすること3日間。すると息子は、

「うん。オレ、勉強が好きだから」

と大真面目な顔をして、当然のように答えるようになる。

「さあ、勉強すっかな。オレって勉強、好きだよな」

なんてことをいいながら、実際に勉強をしはじめたりするから驚きだ。

よくまぁ、そんな台詞を真面目な顔で吐けるものだ。なにしろつい先日までは、「勉強しろ！　宿題しろ！」とどれだけガミガミいっても、涼しい顔で鼻をほじっているような男だった。


男というのは、ほんとに洗脳されやすい。そして、自分でいった言葉には責任を取らなきゃと思い込むのも男である。あたしはそのことをホステス体験から学んだ。

ホステスの仕事というのは、できるだけお客を店に通わせることだ。でも、酒の上でのホステスとの約束なんて、約束であって約束なんてものじゃない。すぐに破られる。破られたところで文句もいえまい。

じゃあ、どうやって確実にお客を店にこさせるかというと、お客本人から「来週の○曜日にくるわ」と具体的にいわせることが肝心だったりする。特定の日にちまで口にした男は、必ずくる。女には理解しにくいが、それが男なのである。

あたしは苦い思いをして、そういった男の性質を学んだ。

恋愛し一緒に暮らしている彼が、長いこと別居している女房となぜか別れられなかったりして。いちばんにあたしを好きであることは間違いないと肌で感じてはいたけれど、なぜか名ばかりの女房に送金をしつづけたりする。子どももいないのに。

慰謝料を一括して払い、離婚すればいいのにと思った。だが彼は、遠い昔、今の女房に「一生面倒を見るから、結婚してくれ」と自分でいった手前、自分から離婚するとはいえないのだといい張る。

それは女房のことを心から思っているからではない。そう思って嫉妬したりもしたが、そうではない。自分で決めたことだから……とその一言に尽きるようだ。つまり、自分の男としての沽券《こけん》にかかわることなのだろう。

まあ、今ではそういったこともいい経験であったと、強がりじゃなく感じる。育児書を何冊読むよりも、その頃の体験が生きている気がする。息子は、小さくても男であるから。

それにしても息子はいつまで『オレ、勉強好きだから』と思い込んでいるだろうか。次のテストで松のクラスに上がれなかったら、とたんに『オレ、勉強大嫌い』にならないだろうか。

挫折に弱いのも男だからな。白か黒か、すべてかゼロか、きっぱりとした判断を自分に下したがる。ストイックぶるのが大好きだからな、男は。

小4　4月

中学受験を考える息子の塾通いがはじまり、平日はほかの子たちと遊ぶ時間が限られてしまう。毎日のように腹ぺこになるまで、近所の公園でお友達と遊んでいたことを考えると、ちょっと可哀想かなぁとも思う。そしたら、息子が「やっぱり寂しい」といいだした。

「塾から帰ってきたら、遅いから友達と遊べないじゃん。だから、ね。いいこと考えたんだ。犬を飼うってどう？」

どう？　と訊ねられてもすぐに答えるわけにはいくまい。こちとら、おまえの面倒だけでも大変なのだ。

仕事は子持ちだからといって、ハンデをつけてもらえるわけじゃないでしょう？

出版不況で原稿料が安くなったぶん、数をこなさなきゃいけなくなった。テレビの仕事は実入りがいいが、時間が不規則なためベビーシッターを雇うことになる。つまり、そのぶん稼がなきゃならない。

その上、息子の塾通いのせいで、夕飯のほかに夜食まで作らねばならない。塾の宿題も見てやらなきゃいけない。

犬なんてもんはブルジョア階級の人間が飼うものだ。「うちは無理」、あたしはそう答えた。

しかし、息子は諦めない。

「オレが面倒を見るからいいでしょ。ママには絶対迷惑かけないから」

これは子どもがよくつく嘘だ。とかなんとかいっちゃって、犬のトイレの始末やご飯や散歩は、母親のあたしの仕事となるに決まってる。

思い返せば遠い昔、あたしも犬や猫を拾ってきては、おなじ嘘をよく母親についたものだ。懐かしい。

そんなことを考えていると、息子がきっぱりとこう宣言したではないか。

「オレ、塾のクラス分けテストで、いちばん良いクラスに入れるよう頑張るからさ」

その言葉に、一瞬、あたしの心はぐらついた。いやいや、でもこれだって嘘かもしれない。犬さえ飼ってしまえば、「そんな約束したっけな」という感じになるんだ。子どもは嘘つきなんだから。

しかし、自分の希望を押し通すため、自ら条件をつけて再度プレゼンしてきたことは認めよう。あたしは泣いて騒いで、自分の思い通りにしようとする子どもは嫌いだ。思い通りにならなかった場合、泣いて騒ぐのは馬鹿な男がすることでもある。だから、息子がもっと小さな頃から、泣き喚いて自分の我を押し通そうとしても、完全に無視してきた。どうしても自分の思い通りにしたかったら、泣いている場合じゃないだろう。スポンサーであるママの気持ちを動かす努力をしなければならない、と教えてきたのだ。

『塾のいちばん良いクラスに上がる』という言葉は、確実にあたしの気持ちを動かした。だから、助け舟を出してやった。

「頑張るんじゃなく、ほんとうにいちばん良いクラスに上がったら、飼ってもいい」

息子は「やった！」と飛び上がって喜んだ。「オレ、絶対にいちばん良いクラスに上がるぞ！」と。

翌日、息子は自分から机に向かい、真面目に勉強していた。翌々日もおなじだった。3日目ぐらいからだろうか、様子が変わってきたのは。テレビを観ながらイヤイヤ宿題をこなしている感じ。

とにかく、息子のやる気を持続させなくては。あたしはその週の日曜日、「ペットショップに犬を見にいこう」と息子に提案した。「買わないんだよ。見にいくだけだよ」と念を押して。

そして、犬を見にいった日、あたしは出会ってしまったのだ。運命の子犬に。

その子犬はトイプードルとマルチーズのＭＩＸ犬。色も形も、実家で飼っているゴールデンレトリバーのミニチュア版という感じ。そして額には、白い三日月のマークがあった。

あたしの名には月の字が入っている。なんとなくその子犬を抱きあげてみると、その子はあたしの腕の中で安心しきって眠ってしまった。

息子の教育うんぬんはすっかり忘れ、その子を家に連れ帰った。しょうがないよね、運命の子なんだから（と感じた）。

それからは、息子ではなくあたしが猛勉強している。実家では犬を飼っているが、自分で飼うのははじめてなので、もう30冊は犬の本を読んだんじゃないだろうか。

それにしても、犬と子どもの教育はとても似ているので驚いた。

飼い主がリーダーであることをはっきりさせる。無駄吠えをする犬は、無視するに限る。でないと、吠えれば自分のいい分を聞いてくれると思って、我が儘な犬になるらしい。あたしが息子にやっていることと、おなじじゃないの。

小4　6月

あたしは人にものを教えるのが嫌いだ。ケチってことじゃないんだよ。ものを教えるのがとても苦手なのである。

普段、適当に生きているからだろう。あたしの言葉には『あれ』とか『それ』が非常に多い。つねになにかを誤摩化しているみたいに。あたしの発言はどうとでも、受け取る側の意識とかニュアンスで伝わってくれよと思う。

なのに、息子の勉強を見てやらねばならなくなった。塾の勉強が難しいからか、息子の記憶力がスウスウだからか、講義を受けてもその内容を家に帰ってくるまで覚えていられないみたいだ。おかげで宿題が終わらない。溜まっていく、毎日。

そして、ついに息子は「塾、いきたくないんだよ」ってなことをいいはじめた。

ふざけるなっ。おまえはまだ小学校4年生。中学受験まで2年もあるのだ。はじまったばかりで負けてどうする。てか、本格的な勝負さえまだしていないではないか。

あたしは息子にそういった。しかし、息子は項垂《うなだ》れるばかり。溜まってゆく宿題が相当なプレッシャーになっているようだ。

ちょっとだけ気持ちはわかった。いいや、相当、理解した。厭なことからは逃げたくなるのは人間の性である。

物書きになって13年になるあたしも、毎年、お盆前のこの時期、書き貯めなきゃならない締め切りの本数が多すぎて軽いパニックになってしまう。

資料を読まなきゃならないし、ネタを決めなきゃならない。やらなきゃいけないことがたくさんあるほど、もうどうでもいいような気分になる。

締め切りのギリギリだ。ようやくパソコンの前に向かえるのは。

そう、あたしは逃げない。どうにか仕事を終わらせる。

なぜか？　それ以外に、生きていく方法が考えつかないからである。

あたしは息子にいった。声を落とし、ゆっくりした口調で。

「今現在、あんたには勉強をする以外、身を立てる手だてはないんだよ」

「はあ？」

と息子が顔を上げる。

「あんた、運動も苦手じゃん。これから独り立ちして、家族を食べさせていく方法、なんか考えついてんの？」

「べつに」

「うちは貧乏ってわけじゃないけど、金持ちってわけでもない」

「知ってる」と息子。あたしは話をつづける。

「ということは、医者になるとか、音楽家になるというのは無理。そういう特殊な学校は学費が高いからね。馬鹿な学校にもいかせられない。将来少しでも多く稼ぐようになりたくば、今、勉強をするしかないね」

「良い学校に入ったからって、稼げるようになるわけじゃないだろう」

「そうだよ。でも、良い学校に入っとけば、稼げるようになる確率は高い」

「ほかに方法はないのかよ」

「ママは知らない。考えつかない。ぎりぎりのところで生きているからさ。たぶん、余裕がないんだね。きっと、余裕がある人だけなんだよ。いろんな道を考えたりできるのは。あんたは、そういう女に食べさせてもらっているんだから、諦めな。大きくなって余裕が出来たら、ほかの道を自分で探したらいいじゃん」

息子は黙った。あたしのいい分を理解してもらえたのか、面倒くさくなったのかはわからない。

しばらくすると、「しょうがねぇな。やるぞ」と勉強部屋から声が聞こえた。宿題、やる気になったのか。よかった。

「ああ、わからねぇ。教えてくれよ」

と怒鳴り声がした。

「よし、よし」

と息子の部屋に入った。息子の隣に座って、算数の問題を解いていく。しかし、3問目で早くもつまずいてしまった。難しすぎるぞ、小4の算数。

「わからないのかよ」と息子。

「Xを使えば、答えはわかるんだけど……」

あたしは屁理屈をほざくのは得意だが、勉強を教えるのはほんとうに苦手だ。答えがあることは、嫌い。適当な思いつきや嘘で乗り切れないから。

そうか。今わかったが、あたしは屁理屈をほざくという特殊能力で生計を立てている。世間に胸を張っていえるようなことじゃないよなぁ。

来世、生まれ変わったら、逃げるという方法についても考えてみたいと思う。

解けない算数の問題を前にしてこの場から離れることが出来ない。あたしも、あたしの息子も。尻が痛くなってきても、馬鹿みたいに問題を眺めている。

余裕がないということは、こうも切ないことである。

小4　7月

息子の夏休みがはじまった。

息子の夏休みがはじまるということは、母親のあたしは24時間営業でフルに働かなきゃいけないということである。

朝、昼、晩とご飯を作らなきゃならないし、息子が家にいると仕事も思うように捗らない。給食ってありがたいものだよなぁ。お昼ご飯を作るのにいったん仕事を中断すると、仕事のテンポはとたんに崩れる。

夕方になっても仕事は終わらない。夕食を作り終えても。そして、あたしの寝る時間はどんどん遅くなってゆき、睡眠時間が削られてゆく。

ほとんど寝ずに机に向かっているというのに、原稿は書き終わらない。

なのにあの男、朝早くから起きてきてしらっとした顔で、

「ママ、ご飯！」

などというのだ。

当たり前か。生きているから腹も減るか。

ああ、暑さと寝不足でふらふらする。

市販のドリンク剤をガシガシ飲んで、自分の体を騙しながらかろうじて動かしているような日々がつづく。

思い返せば、29歳の頃だった。

若かったあたしは、子どもを育てるという喜びも、仕事で評価を受けるという喜びも、どちらもほしいと心から思った。

（なぁに、どっちも大変なのはわかっている。けど、あたしは体力だけは自信がある。中途半端なことはしない。睡眠時間を削っても、二つの喜びを手に入れてみせる）

と、そんなことを考えていた。

当時のあたしは気づかなかった。歳を取るにつれ体力が失われていくことに。

まあ、そんなことをいっても仕方ない。めでたく息子は生まれてきた。そして、あたしは離婚した。

子どもを育てるという行為も、生活のため朝から晩まで働くという行為も、もはや絶対に放棄出来ないこととなった。

　いやいや、放棄出来ないこと……などと考えるのはよろしくないだろう。どちらもあたしの喜びのはず。

　歳を取って体力は失われたものの、新たにわかったこともある。

　自分より大切な人間が楽しそうにしていると、自分が楽しいことより嬉しい。息子の幸せがあたしの幸せ……。

　だからあたしは、死にかけの体に鞭打って、息子を連れ奄美大島へいったのだ。

　奄美は東京から2時間という近さ。そこにいくだけで救われるような気がした。

　息子はきれいな海にたいそう感激していた。

　正直いって、あたしはホテルで半分寝ながらマッサージを受けているときがいちばん楽しかったけど。マッサージなんて東京でも出来るっていうのに。

　マッサージの最中、息子があたしに話しかけてくる。

「ねえママ、明日は何時に起きて海にいくの？」

「ちょっとゆっくりさせてよ」

「せっかく旅行にきたっていうのに、なんでママはいらいらしてるの？」

「おまえがいるからじゃ」という言葉をすんでのところであたしは飲み込む。

（自分より大切な人間が楽しそうにしているのが、あたしの幸せ）

旅行の最中は何度も自分にそう言い聞かせた。何度もそう言い聞かせないと、旅行の目的を見失ってしまうからだ。

ビーチサイドでゆったりとビールを飲んでいるあたし。ああ、このまま眠ってしまいそう。このまま昼寝したら幸せだろうなぁ、と思う。はしゃいでいる息子の声がだんだん遠くに聞こえてきて……。

「おいおい、寝てるんじゃねぇよ。昼寝は東京でも出来るだろう」

息子のダミ声で、現実に引き戻される。

「早く一緒に遊ぼうぜ！」

あのさ、あんたは10歳。あたしは40歳。

息子の笑顔に癒される、というのは嘘かもしれない。

あたしは奄美旅行の5日間で、もう嘘をつくのはやめた。死ぬかもしれないと思ったからだ。命を賭けて嘘をつくなんて馬鹿らしい。

家に帰ったとたん、息子を実家に送りつけた。

やったー！　これであたしは自由の身。仕事なんてチャチャッと終わらせた。

そして、ネットでマッサージチェアを購入した。衝動買いだ。かなり高額だったが奮発した。こんなに頑張ったんだから、自分にもご褒美があっていい。

マッサージチェアに座ってテレビを観る。だらだらと酒を飲んで眠くなったら寝る。巨大なマッサージチェアは、リビングの3分の2を占めている。実家から帰ってきた息子は、さぞ驚くに違いない。

そしたら、こういおうと思っている。

「あのね、ママには二つの喜びがある。あんたを育てる喜びと働く喜び。でも、時々辛くって。その落としどころがこれなのよ」って。

小4　8月

今年の春に出た大学新卒者の就職内定率（就職希望者に占める内定取得者の割合）は、91・8％だった。大学を出ても、100人のうち8人もの学生の就職先が決まらない。酷い世の中だと思う。

現実はこの数字以上に厳しい状況なんだろう。就職が思うようにいかなくて、いきたくもない大学院へすすむ学生がいるって話を聞いた。

息子の時代はどうなっているんだろう。息子が大学を卒業する頃、あたしは50歳を超えている。今のようにバリバリ働いているとは限らない。

あたしがしている仕事は水商売だもの。50までだって満足に仕事があるかどうかは怪しい。

そういえば、あたしが所属している事務所のマネージャー、29歳の給料は手取りで20万円を切っているそうだ。彼は大卒だ。

給料が安くて、適齢期だというのに結婚なんて考えられないといっている。まして子どもを作るなんて。

リストラされないようにすることだけしか考えていないといっていた。「それでいいの？」と訊ねようとしてやめた。

自分と息子の人生に手一杯で、彼まで救い出す力があたしにはない。そういった発言は、無責任すぎる。たぶん彼は、そうしなきゃならないのだ。

就職先が乏しく、その上、不景気で給料も上がらない。こんな時代が後、何年くらいつづくのだろうか。

せめて、時代の終わりがわかっていれば、頑張る気持ちにもなるのだが、それがまったく見えてこない。頭の先っぽもみえない。暗い世の中だと思う。

だって今、多少無理しても頑張って働いていこうと思うのは、明るい将来の兆しが見たいからじゃないか。

生活のために働かなくてもよくなり、孫と遊ぶのが生き甲斐の老人に、あたしはなりたい。

しかし、そんな将来はやってくるのか疑問だな。

65歳で年金をもらうとしても、たががしれている。その頃には年金制度なんて崩壊しているかもしれない。

息子が就職浪人とならなかったとしても、給料は30歳になるまで20万円未満。

孫の顔を見たいなんていっている場合じゃないかもしれない。

都会で二人、寄り添うようにして生きても、カツカツの生活しか見えてこない。

現在、息子を進学塾へ通わせ、受験をさせようと思っているあたしだ。それは良い大学へ入って、就職戦争にも勝ち抜いてほしいからだ。

でも、いくら勉強を強いたところで、限界はある。あたしの息子だもの。ほんとうに頭の良い子には敵わない。このままでいくとそこそこの中学へいって、そこそこの大学に入るんだと思う。

それから、そこそこの就職先が見つかればいいのだが……。そこそこの就職先を見つけるのだって、大変なんでしょう今は。

そして、そこそこの就職先を見つけられても、それでいいのか疑問である。

婆さんになったあたしと東京でカツカツの生活を送るなんて、とてもじゃないが幸せとはいえないだろう。

こうなったら、息子と一緒に海外脱出も考えてみるか。あたしの少しの蓄えでもどうにかなる国に。2年くらい前から頻繁にそんなことを考えている。

けれど、そう思って2年、準備さえしていない。

結局、その計画自体が夜見る夢みたいなものなのだ。具体的に調べたりしないのは、はっきりさせて幻を潰すのが厭だから。

20年前、田舎で生まれ、田舎で育ったあたしは、まるで海外のように遠いところだと思っていた東京に単身で上京した。

右も左もなんにもわからなかったが、歩いている前方に明るい兆しという幻は見えた気がする。そういう気がしただけかもしれないけれど。

20年後、東京で生まれ、東京で育った息子は、どうなるんだろうか。

右と左だけじゃなく、前も後も真っ暗だったりしないか。

ただ両足を動かして、前にすすむ。体に疲労感があるから、生きているんだとわかる。

生きている意味などを、決して考えてはいけない生活を送っていく。

そんな暗い想像をしてしまうと、息子に『勉強しろ！』といいたくなくなる。

子どものうちから競争をして、そこそこだと判定される。

親ならば一生のうち、幻が見える時期を少しだけ長く設定してやったほうがいいのだろうか。

大喧嘩した夜、息子は自分の枕を持ってそっとあたしのベッドに入ってくる。入ってきたなというのはわかるが、派手に叱った手前、すぐに気持ちを切り替えることはできない。あたしは寝たフリをしている。

あたしの体にひっついて、グズグズ鼻をすすっている息子。パジャマの背中のあたりが、息子の涙か鼻水でじんわりと湿る。

やがて、しゃくりあげていた音が寝息に変わる。あたしは静かに寝返りを打って、そっと息子の寝顔を見つめる。

あたしが息子を叱るのは、それが息子にとって正しいことだと思うから。でも、あたしも絶対ではない。たまには必要以上に感情的になり、キツく当たったりもするだろう。

ほんとに、それで良かったのか。あたしは自信がない。正直いうといつも不安だ。とくに、息子を泣かすまで叱った日は。あたしは間違っていないだろうか。

けど、息子はあたしに泣かされても、泣かせたあたしに抱きついてくる。馬鹿みたいだけど、そんな息子があたしには神のように思える。すべてをわかってすべてを許す、そんな存在に思えてくる。自分は守られている気がする。しばらくすると、あたしの瞼も重くなり、あたしも眠る。とても満ち足りた気持ちで。年に数日はこんな夜があった――。

あった、と過去形で書くのは、もう物理的に一緒に寝るのは無理なのである。

先日、息子がベッドから落ちた。ゴン、という鈍い音が深夜の寝室に響いた。

「痛ぇ」

と頭を抱える息子。そのときはすぐまた寝てしまったが、翌朝、見てみると頭にデカいたん瘤ができていた。

「オレ、奥に寝ればよかったよ。今度からオレは奥に寝るからな」

「なにいってんの。必然的にはじめに寝ているママが奥になるだろう。あんたがメソメソ泣いて、勝手にママのベッドに入ってくるんだし」

「メソメソ泣いてねぇよ」

「もうママのベッドに入ってくるんじゃないよ。また落ちるといけないから。とにかく、鬱陶しいからデカい体でメソメソするな」

「メソメソしてないって」

あたしは息子の嘘にゲラゲラ笑った。

（これから一緒に寝ることはないんだなぁ）

ちょっと寂しかったから、わざと大袈裟に笑って誤摩化した。息子も寂しそうに照れ笑いしてた。あたしがそう思いたいだけか。

考えてみたら、よくこれまで一緒に寝ていたもんだと思う。あたしは決して小柄な女じゃない。息子の身長も１４５cmはある。セミダブルのベッドで一緒に寝るのは、さすがに限界であった。赤ん坊の頃から、そのベッドで添い寝していたから気づかなかったのか。

いや、気づかなかったわけじゃない。気づいてはいた。いつの頃か、仰向けで眠れなくなった。

向かい合って寝るのはさすがに恥ずかしいので、おなじ方向を見て、おなじポーズで寝ていた。でも、もうそれも無理――。

というような話を女友達にした。女友達はみな口を揃えて、

「気持ち悪い」

そう吐き捨てるようにいった。

なぜ？　あたしはしんみりした話をしたつもりなのに。

あたしがそういうと、みんなは諭すような口調であたしに説教を始めるのだった。

「室井は息子をどういう男にしたいの？　まともな男にしたいと思ったら、このままじゃ駄目だって思わない？」

「あんたたち親子の問題がわかったよ。ユウタじゃなくて、あんたが子離れできないの。あんたがユウタに依存しているんだね」

「室井はユウタのこと、愛しているんだよね。だったら、あんたが死んでからも独りで生きていけるような強い男にしなきゃならないんじゃないの」

「あんた、ワイドショーに出て偉そうなことコメントしてるけど、今、社会問題になっている『ニート』をどう思ってる？　格差社会はますますすすんでいくっていわれている中で、ユウタをどう育てていくつもり？」

そして、再び口を揃えて、

「このままじゃ馬鹿息子になっちゃう。確実に」

酷い言われようである。説教されたその日は、とてもムカついた。だが、それから1週間、あたしは冷静に考えてみたのだった。

将来、息子が幸せになるために、今、あたしがすべきことはどんなことなのか。

少子高齢化、格差社会で、大人として生きていかなきゃいけない息子。そんな世の中で自分らしく生きたくば、中学受験の比ではない厳しい競争を絶えず強いられるはずである。負けることはあっても、挫折を乗り越え、もう一度立ち上がる強い気持ちが必要だ。それには、確立された自分というものがなければいけない。確立された自分は、過干渉・過保護にされる生活の中からは生まれてこない。

あたしが息子の成長の芽を摘み取っているようだ。

たぶん、あたしの愛情は男の子の自我を殺す。独身時代、何人かの男を駄目にしてきたからよくわかる。

このままじゃいけない。

折しも息子の通う塾で、『希望受験校をそろそろ決めよ』という話をされたばかりだった。

小4　10月

息子をどんな男に育てたいのか。

いちばん大切なことを、あたしは忘れていた気がする。

とりあえず、息子を中学受験させるために進学塾に入れた。小学4年生から塾通いをするのが一般的だと聞いたからだ。

塾のない日はぴったりと息子の隣に張りつき、塾の宿題を見てやっているあたしだ。遊びにいきたくても、あたしがいるから息子は逃げられない。

正直いうと、もう疲れてきたな。

だいたい、なんのために受験をさせようと思ったんだっけ？

難関大学に入り、有名企業に就職し、ずっと幸せに暮らしてゆける。もはや、そういう時代じゃないだろう。

今、あたしが漂っているマスコミ業界は不況真っ盛りで、難関大学を出ようが使えない人間は冷酷に切り捨てられている。

しぶとく生き残っているのは、難関大学を出た人じゃない。その場所に必要な人間だ。

考えてみれば幸せとは、自分以外の誰かに必要とされることかもしれない。

あたしは今、不幸じゃない。息子の母親であるということは誰にも代えが利かないし、細々とだが自分宛で仕事の依頼もいただいている。

あたしには居場所がある。それが生きていく上でどんなに大切なことか。

若い頃はまったくわからなかったけど。だって、引っ切りなしに飲み会に誘われ、「君がきてくれるだけで嬉しい」といわれた。仕事でミスをしても、「いいんだよ、君の笑顔にみんな癒されてるんだから」と許された。

でも、そんなときはとても短かった。

その後、ブランド品のバッグや時計を持つとか、誰もいったことのない海外に旅行するとか、そういったことで幸せになろうとしたこともあった。しかし、

(それがなんだっていうの?)

と虚しくなったのが20代の終わりだ。それからあたしは、必死で自分の居場所を探しつづけた。自分の居場所がある、そしてまわりから必要とされる、それが幸せだと気づいたからだ。

息子には、早くそのことを気づかせてやりたい。

……いや、それがいけないのだろう。そういうことは失敗や挫折を乗り越え、自分で気づかないといけない。あたしは過干渉・過保護すぎる。

息子を愛しているからこそ、少しずつ突き放していくべきだ。

息子はいきなり大人になるわけじゃない。成人するまでにちゃんと独りで立って歩いていけるようにしたくば、少しずつ少しずつ差しだしている手を引っこめていかなくちゃ。

それがとっても難しい。どうしたらいいのか、わからないふりをしてしまう。

あたしこそ、独り立ちの覚悟がいるようだ。

なにしろ、あたしが息子を支えているように見せかけているが、あたしが息子に支えられている。

息子がいるから、決まった時間にご飯を食べて、仕事をして、寝て……といった当たり前の生活ができている。

まだ子どもの息子は生活を営む上で、親であるあたしに依存するのは当たり前だ。でも、親であるあたしが精神的に息子に依存したままではいけないだろう。

これから先、息子はあたしの元から巣立っていく。息子の親であることは変わらないけど、家族のあり方は変わる。あたしと息子二人っきりの家族というのは、ほんの短い期間限定。

息子は自分の家族を作る。あたしはあたしで生きていく。そうならなきゃね、そうでなくてはいけないんだ。

その際、心配をかけるような親でありたくはない。ママは殺しても死なないんじゃないか……それぐらいに思われたら最高だ。

あたしの覚悟だけの問題なのかもしれない。ほんとうはあたしはわかっている。

息子は、あたしがいてもいなくても関係ない、世の中がどんな風になろうとも関係ない、自分の居場所を見つけられるような逞しい男になってほしい。

それには、あたしが邪魔なんだ。

生まれたときから母親という名の最強のボスキャラとして息子の前に立ちはだかり、息子の行動を制限してしまう。失敗させたくない、傷つけたくないという思いから。

頭ではそうしちゃいけないとわかっていても、べったりとした甘ったるい愛情という名の檻で、ついつい息子を囲ってしまう。

こんな母親からは、早く離れたほうがいいに違いない。

息子の通う塾の保護者面談で希望校を訊かれ、あたしは調べておいた全寮制の学校の名前をいくつかあげてみた。

かなり詳しく調べていたのに、塾の先生にはなぜか嘘をついている気分になった。

違う。もうあたしの気持ちは固まっている。いいんだよね、いいんだよな。あたしから息子を離す……それがいちばん息子のためになると思うなら、そうしなくてはならない。

あとは息子を説得するだけだ。こいつは単純だからさ、いかに寮生活が楽しいか、大袈裟に話せばすぐに納得してしまう。学園祭など楽しそうなところを見せればイチコロだ。

けど、あたしが寂しい。上手く説得を出来るだろうか。

志望校をどう決める？

息子の進学先は、地方の寮のある学校に決めた。

その当時のあたしは、子どもの自立とかうんぬん語っているが、ま、適当、そのときの思いつきでそう決めたんだと思う。

そうそう、日本テレビ系列の『全国高等学校クイズ選手権』をたまたま観ていて、鹿児島のラ・サール高等学校の生徒が可愛らしかった、ってのも志望動機のひとつだろう（こちらは受験で落ちました）。

人生なんてそんなもんよね。

子どもの志望校を決めるとき、ものすごく親は悩む（あたしも悩みました）。

だけど、今ならわかる。学校によって、子どもの個性は変わらないのよね。

真面目な学校に入ってもやんちゃな子はやんちゃだし、奔放な学校に入れても真面目な子は真面目だ。学校のカラーに、その子が染まるってことはないように思う。

つまり、志望校なんてそんなに考え込まなくていいことなのかも。

そりゃあ、学生生活が楽しいとか楽しくないとかはあるかもしれない。途中でいたた

Column 01

まれなくなって、せっかく入った学校を出てしまう子もいる。

しかし、どんな選択をしても、たった6年間のその時期が失敗だったかは、最後の最後までわからない。それからの人生のほうが長いんだから。

たまたま入った学校が、子どもにとっての最高であったら喜ばしいことだけど、その逆もまたあるとあたしは思う。

あたしは自分の入った高校が大嫌いだったけど、教師から嫌われつづけた3年で、不屈の精神を養えた。叩かれても叩かれても、だからなんなの？　といえるしぶとさを身につけた。

学校なんてただの枠。そこが合わなかったら違う枠を探したらいい。そもそも、用意された枠にいっつもピッタリはまる子なんて、あたしは気持ち悪くてならない。

親が用意した枠から早く出たいと思う気持ちは、大切だ。それは早く大人になりたいって願望だ。

大人になんかなりたくない、そういってる子より頼もしい。

だって、大人にはみんななる。なってしまうんだから、いってもしょうがないことじゃんか。

受験生活編

受験勉強ってヤツは

小4　11月

世の中がどんな風になろうとも関係ない、息子には、自分の居場所を見つけられるような逞しい男になってほしい。そう考えたあたしは、息子の進学希望先を寮のある中学校に変えた。

いくら勉強が出来たって独りではなんにも出来ない男は、この先、世の中に出ても使い道がないってもんだ。

息子を進学塾に入れ、およそ1年。親子で中学受験を目指し頑張ってきた。

中学受験って、親子で臨む受験といわれている。ほんとうにその通りだと思う。

1日置きに塾がある。学校から帰ってきたらご飯を食べさせる。塾の帰宅時間を考えて、夜食を作り、風呂も入れておく。

親はさくさく用事をこなしていかなきゃいけない。でないと、子どもの寝る時間が遅くなってしまう。

塾の勉強はテストを中心にすすんでいく。つまり、わからなかったところをそのままにしておいてはいけない。といっても、うちの息子はあたしがいわなきゃそのままだ。テストをチェックし、外れたところをおさらいする。塾のない日は、その作業に充てられることが多い。

あたしは息子のマネージャーか？　中学受験を考えてから四六時中、息子につきっきりだ。いいのだろうか、これで。

塾での競争は過酷で、毎週末になると順位が知らされる。上がったり下がったりする順位にいちいち喜んだり悲しんだりする。

息子は、勉強というより、競争することに楽しさを感じているようだ。今の公立小学校に、競争はないから。競争することが、さぞ新鮮だったのだろうと思う。

たしかにあたしも一時期は、塾での順位を見て、息子と一緒に悔し涙を流したり飛び上がったりしていた。

忘れていたんだよなぁ、息子がものすごくノリやすいタイプだってこと。

もっか息子は、塾での順位しか頭にない様子。あまりにそのことに打ち込みすぎて、ほかのことがおろそかになってきた。

たとえば、大事なテストがある日、息子は塾にいく直前まで試験に出る教材を見ている。

腹が減ったといわれれば、教材を見ている息子の口に、あたしがおにぎりを突っ込んでやる。塾に出かける時間になると、あたしがそれを知らせる。すると息子は玄関にいって、両手を広げ、あたしを待っている。ときには、「おい、早くしろよ!」なんていわれたりする。なんで息子があたしを待っているかというと、コートを着せてもらうためである。めちゃくちゃ稼いでいる芸能人のマネージャーだって、そこまでしないよ。

まるで、ボクサーとセコンドだ。息子が家に帰ってくると、ほんとうに『カーン!』というゴングが聞こえてくるかのよう。

いいわけないだろ、これじゃ。

このままじゃ、大人になってエッチした後、女にソックスを穿かせてもらうのが当たり前のような男になってしまう。

もちろん、そんなことは当たり前じゃないから、即、女に捨てられるに決まってる。

男ってやつは、どうしてこうなんだろう。ひとつのことに集中すると、ほかのことが見えなくなる。ま、だから、成功の振り幅も大きいんだろうけど。

早くあたしの代わりに、マネージャーとかセコンドをやってくれるような、女房を見つけてくれよと思う。

いや、マネージャーとかセコンドをやってくれる女房をものに出来るような男は、相当の成功者に違いない。

それなら、自分でなんでも出来るようになったほうが、確実である。

だから、息子を寮のある中学校に入れ、自分でなんでも出来るような男にしようと思ったんだけど……。本人は絶対に厭だというだろうな、と思っていた。

実際、学校見学にも連れていった。ちょっとやそっとじゃ逃げ帰ってこれないような、遠い学校にした。

学校を見にいって、あたしはいった。

「寮っていうのはさ、ずっとお友達が一緒なんだよ。夕食前に家へ帰れって、叱るママもいないんだよ」

息子はいまさら気づいたように、つぶやいた。

「そういやオレ、最近、学校の友達と遊びにいってない」

「塾で忙しいもんね」とあたし。

「受験終わったら、いっぱいいっぱい夜遅くまで遊ぶんだ。寮だと友達と、朝まで語り合ったりするんだよ」と息子。

「そんなことするかしら」

「してたよ、ハリーとロンは」

ハリー・ポッターか。

現実の寮はぜんぜん違うと思うよ。消灯時間どころか学習時間も決められておる。それどころか、不潔になって痔になる生徒までいるんだとか。

成人するまで、いや成人してからも、ママや女に洗濯をしてもらって当たり前だと思う男にならないためには、若いうちに痔も体験しておくのは良いだろう。

死ぬほど痛いかもしれないが、死ぬほどのことではないし。もちろん、息子にはいわなかったが。

ハリー・ポッターに痔と闘う話は出てこない。

愚息のために、必死になっている自分が恥ずかしい。必死になっているのに、なかなか上手くいかない。結果が出ないから、自信がまったく持てない。

こんなことは、女友達にも、息子の同級生のお母さん方にもあまり知られたくない。だって、あたしは過保護だの馬鹿親だのいわれても平気だけれど、息子の名誉にも関わってくることだもの。

長いつき合いなので、わかっている。あの男、プライドだけはめちゃくちゃ高い。あたしとは逆で、根拠のない自信に満ちあふれている男である。

根拠がない自信は厄介だ。根拠がある自信なら、その根拠が崩れれば反省もする。が、根拠がないから、反省もしない。反省しないから、そこからの学びがない。

そんな息子が、昨年末の塾の大事なテストで、えらく悪い点数を取ってきた。

テストの結果、頭の良い順番で、シビアにクラス編成がなされる。

小4　12月

一緒に塾に通っている大好きな女の子はいちばん良いクラスに上がり、息子は下のクラスになってしまった。

さあ、それからこの男を諭すのが大変だ。

「オレの力はこんなもんじゃない」、息子はいう。

「いや、おまえの力はそんなもんだよ」とあたしが答える。

「違う！」と息子。

「そうだよ」とあたし。

「……今は……そうかも。しかし、オレは100%マックスでパワーを使っていない」

「じゃ、見せてみろっつーの、そのマックス・パワーというやつを！　遠慮すんなよ、マックス・パワーで世界を轟かしてみろってーの！」

「……いいのか」

「いいって。じゃんじゃんばんばんやっちゃって！」

そんなこんなで、正月から実家でドリルを解いている。終わってしまったテスト結果についてうだうだいっていた息子が、ようやく重い腰を上げたのが30日。

今年は元日から帰郷すると決めていた。旅行鞄は息子の勉強道具でぱんぱんだ。重いったらない。

うのに。

できるだけ旅行鞄を軽くしようと、29日には着替えもお土産も宅配便で送っておいたとい
でも、そのぐらい我慢する。息子がせっかくやる気になっているんだから。珍しくやる気になっているのだから。

2日は朝から起きて、勉強を開始した。まあ、実家は東北の山奥なので、雪に埋もれてどっこもいけないからそれもいい。辛いのは、元日だというのに酒が飲めないことくらい。けど、何度もいうが、そのくらいあたしは我慢する。息子がせっかくやる気になっているのだ、珍しくやる気になっているのだ。

勉強をはじめてお昼になった頃だ。孫には甘いあたしの父と母が、横から口を出してきた。

「正月くらい、勉強しなくてもいいんじゃないの」

正月くらい？　おまえらの孫は、正月以外、ぜんぜん勉強しなかったのじゃ。黙っててくれよ。

しかし、黙らない。

「だいたいおまえ（あたしのこと）が小学生の頃、そんなに勉強したか？　お正月にさ」

すると、息子はドリルを放り投げた。

「だよなぁ。3日までは正月だよな。オレ、4日から勉強しよう」

あたしはドリルを拾って、息子の前に置いた。

「塾のお友達はちゃんと勉強してるんじゃないの」

「そうかぁ。A（塾の友達で超天才児）は、絶対にしてないって。」

よくいぅ台詞。だから、おまえはAくんとは違うから下のクラスに落ちたんじゃないのかっ。ほんとにバカっ。

でも、ここで怒っちゃいけない。やる気を失わせるようなことをいっては。あたしは一呼吸置いて、感情を押し殺していった。

「おまえとAくんとは違うよ。おまえはママの子だよ。そうね、たとえるならAくんは羽があって、ひゅんと崖のてっぺんまで飛んでいける鳥だけど、おまえもママも鶏みたいな種類の鳥ね。飛べない鳥だから、くちばしも爪も使って崖のてっぺんまでよじ上らなきゃいけないんだよ。けど、てっぺんも、そこから見える景色も一緒だから」

我ながら良いたとえ話であった……決まった！　と思った瞬間、母が口を挟んできた。

「鶏ぃ？　今年は卯年だろ」

「おまえ、ほんとに馬鹿だな」と父もいう。

息子と3人で、あたしを指差しゲラゲラ笑う。

そういうことじゃないんだけど……。説明するのも面倒くさいわ。もう酒くれ、酒！

いつになったら息子のマックス・パワーというのを見ることが出来るやら。

某テレビ番組で、有名占い師の方にいろいろ話をうかがうというお仕事をさせていただいた。

占いはかなり好きだ。占い師にいわれたことをすべて鵜呑みにするわけではなく、ゲーム感覚的にだけれど。

だから当日、占い師があたしにどんな判定を下してくれるのかとても楽しみにしていた。

でも、その前に番組の打ち合わせがあった。ここであたしはびっくりするようなことがわかった。

台本を作る脚本の方に、「最近、室井さんが不安に思うことは」と訊ねられた。そりゃあ、そうだ。せっかく有名な占い師さんにお会いしても、訊ねることがないんじゃしょうがない。

あたしが最近、不安に思うこと。それは、そろそろ巨大地震が起こるんじゃないかということだったりする。

あたしがそう答えると、脚本家は困った顔をした。

「そういうことじゃないんですよ。そういうことじゃなくて、室井さん自身についての……」

「あたし自身の……」

腕組みをして首を傾げつづけるあたし。困っている脚本家。いくら考えても、思いつかない。あたしには今、悩みはないのであった。

そういえば、とくべつにわくわくするようなこともないが、とくべつに頭を抱えてしまうようなこともない。

だらだらとつづいていく日常。

不景気で仕事のギャラが下がったとはいえ、下がったままで安定したしな。好きな男もいないから、裏切られる心配もない。自分にも親にも家は買った。住む所さえあれば、贅沢しなければどうにか生活していける。

もしかすると、これが幸せというのか。だとしたら、びっくりだ。

「あたし、意外と幸せなんですね。今、わかりました」

あたしがそう答えると、打ち合わせはそこで終わりになりそうな感じだった。そのやり取りを見ていたあたしのマネージャーが、やきもきした様子で口を挟んできた。

「室井さん、いっつも悩んでいることあるでしょう。ほら、あれですよ」

「なによ?」とあたし。

マネージャーはいった。

「伸び悩んでいる息子の成績」

「うっ……」

あたしは口ごもってしまった。たしかにそれは悩みかもしれない。が、占い師に相談なんかしたくない。

成績を上げるためには――1個でも多く漢字の書き取りをする、1つでも多く算数の問題を解く――それでなんとかなるはずだ。そうであるべきだと思うし、それ以外の方法なんて邪道である。

たとえば、東のカーテンは青い色にしてとか、机は北の方に向けてとか、そんなアドバイスを占い師にされたら、あたしは怒りくるってしまうんじゃないか。

中学受験に向け、真面目にコツコツと親子でタッグを組み、勉強をしているからね。

あたしがそういうと、マネージャーはいい返す。

「努力して、その上、運も上がるなんて、これ幸いじゃないですか」

「あのさ、真剣に努力してるんだから、運とかそんな曖昧なもんに頼りたくないの」

あたしとマネージャーが睨み合っていると、脚本家がぽつりといった。

「室井さんの悩みは、息子」

「いやぁ～！　やめてぇ～！」

あたしは叫んだ。

自分のことは占い師になんといわれてもぜんぜん気にしない。けれど、息子のことは違う。ゲームのように楽しめないよ。それこそあたしが真剣に力を入れている最もたるもの、すべてなんだから。悪い言葉を吐かれたら、その言葉が呪いのように頭から離れなくなりそう。

「息子のことを占い師に聞く、そんな怖いことは絶対にしたくない」

あたしがそう泣きを入れると、脚本家はしぶしぶ納得してくれた。無事、番組出演も決まり、よかったよかった……とそれで終わりじゃなかったんである。

お会いした占い師の方は、あたしの手相を見るなりこういった。

「お子さんに対する愛情が強すぎます。室井さんの場合、その気持ちを押さえ込んで押さえ込んでちょうどいいくらいです。それがお子さんのためでしょう」

ギクッ。そのことについては心当たりがあります。ありすぎます。

そして、気づいたら息子のことを占い師に聞きまくっていたあたしである。

「センセイ、中学から息子を寮に入れようか悩んでいるんですけどね。ええ、それはあたしがこのままじゃいけないと思っているからなんですけど。あたしは息子に依存してるし、息子はマザコンだし……」

脚本家だってそこまで話してくれとはいわないってーの。

京都大学などの試験中に、インターネットの質問サイト『Ｙａｈｏｏ！知恵袋』が悪用されてしまった。携帯電話を使っての、ハイテクなカンニングだ。

カンニングの手口が斬新だったからか、京都大学というブランド名が利いたのか、この事件は数日朝刊と夕刊の1面になり、ニュース番組のトップ項目にもなった。ワイドショーでも時間を割いて、この事件の特集をしていた。

マスコミの取り上げ方は異常といえた。

カンニングした子は、19歳の男子予備校生。結局、彼は京都府警に偽計業務妨害容疑で逮捕されたけれど、一時、行方がわからなくなっていたこともあり報道は過熱した。

マスコミは彼が住んでいた予備校の寮はもちろん、実家にまで足を運んだ。お母さん、予備校の先生、高校の先生、同級生であった人物など、こんなに深く掘り下げて取材しなくても……というところまで取材した。

もっとほかに取材しなきゃいけないところはあるだろうに、弱い者イジメの典型ではないか。面倒くさい仕事は嫌だから、なんの力もない19歳の予備校生の元にマスコミは殺到した。あたしにはそう思えた。

マスコミの人間——新聞記者、テレビ局勤務——には高学歴が多い。こういうことが起こるたび、なんのための高学歴かと思ってしまう。

19歳の彼は無事に警察に見つかって保護されたけれど、逮捕されホッとしているといわれている。そりゃあそうだろうと思う。

とにかく、自殺したりしていなくてよかった。命を賭けてマスコミにどんなに酷いことをされたか抗議しても、通り一遍の謝罪をしてそれで終わりだ。それも、行動を起こした者に対してじゃない。世間に対して謝る形を見せるだけだ。

この国の高学歴は想像力に欠けるので、自分らとは違う世界の人間、弱者の気持ちなんて理解できない。

彼らがきちんと計算できたのは、良い大学に入って、良い会社に就職して（しかも、『良い』の意味は世間的に）……そこまでだったのかもしれない。想像することもない。たぶん余裕がない。

いくらお勉強が出来ても、人としていちばん大事な部分が欠けている。だから、集団ヒステリーのようになる。いや、集団ヒステリー状態を作り上げて、安心しているのかもしれない。

そういう人間をオートマティックに作り上げることに、なんの疑問も抱かない世の中もいかがなものか。

あたしはマスコミだけではなく、京都大学の対応にもがっかりした。

京都大学側はカンニングの犯人を突き止めるため、警察の協力を求めた。大学だけの力で、インターネットの書き込みが誰かを突き止めることは難しかったからだ。それは仕方ない。カンニングの犯人は、突き止めなければならない。カンニングで入学を許可してしまったら、真っ当に頑張って試験に落ちてしまった子は浮かばれない。

しかし、だ。あたしは考えてしまう。

犯人が特定された後、どうしてカンニングをしてしまった子に救いの手を差し伸べなかったんだろう。

カンニングした19歳の予備校生は、自分の大学を目指していた子どもじゃないか。もっと愛情があってもいい。それが教育だと思う。

京都大学は一貫して被害者という立場を取っていたけれど、問題が加速して大きくなっていく中、実際に19歳の予備校生を助けられたのは被害者である京都大学だけだったような気がする。

　加熱するマスコミに、

「どうか大事にしないでくれ。彼はうちを目指した優秀な将来ある子どもなのだ」

　そう泣きつくぐらいのことをしてもよかった。

　カンニングという不正行為には怒り、でも「来年、正々堂々と勝負して絶対にうちにこいよ」と再びチャンスは作ってやる。どっちも大事な教育だ。

　天下の京都大学ともあろう学校が、世の中にリーダーを数多く出している学校が、受験勉強の得意な子をただ上から順に取っていく、その考えだけでいいのだろうか。

　もちろん試験は公平でなくてはならないから、ほかに方法はないだろう。けど、学校のあり方として、それだけではいけない気がする。

　見てごらん。勉強だけが得意で、人気職業のマスコミにいった人間は、力の使い方を間違っている。

小4　3月

3月11日、東北を中心にマグニチュード9・0の大きな地震が起きた。

その日、あたしは仕事で浜松町にいた。考えるのは息子のことばかり。3時半には仕事場を出ることができ、息子の小学校へと急いだ。

すぐに帰宅したのがよかったのか。仕事場に残って、ラジオやテレビからなにが起こったのか情報を集めようとしていた人たちは、夜中まで帰宅できなかったみたいだ。電車は止まり、タクシーも捕まらなかったようで。

息子は防空頭巾を被って、小学校の一室でお友達とともに親の迎えを待っていた。

あたしの迎えは早かったほうなのかもしれない。地震から2時間半ぐらい経っていたが、かなりの人数の子どもたちが残っていた。後から聞いた話では、その日、迎えにこれない親御さんたちもいたという。先生方は子どもたちと一緒に学校に泊まったそうだ。頭が下がる。

あたしは先生方にお礼をいい、息子を連れ自宅へ帰った。エレベーターは止まっていて、

32階まで歩くことになった。

いや、歩いたんじゃない。駆け上った。

あたしの親は宮城県に住んでいる。親戚もみな東北にいる。一刻も早くみんなの無事を確認したかった。

電話が混雑していて、ようやく翌日の昼頃だ、両親と連絡が取れたのは。親戚の家は流されてしまったという。従兄弟の旦那さんは津波に飲み込まれたようで、未だ行方がわかっていない。

テレビでは、1000年に一度といわれる大地震だといっていた。2011年4月6日の時点で、お亡くなりになった方は1万人を超えた。行方不明になっている方を含めると、3万人に近い。

原発事故の影響などもあり、未だに16万人の方々が、不便な避難生活を強いられている。

これはどういうことなのだろうか。

震災から3週間は、政府もマスコミも、あたしたち国民とおなじく、ただ驚き、必死で起きてしまった現実を受け止めようともがいているだけのように感じた。

こういうときにこそ、力強いリーダーが必要であろうと思うが、この国にはいないのだった。

3月11日、この国に起きたこと。それは、一言でいえば哀しい現実である。でも、子どもを亡くしてしまった親御さんと、原発問題で仕事を失ってしまった方と、未だ避難所で苦しい生活を送っている人と、そういう人たちをテレビで観てその人たちの気持ちを想像し暗くなっている人と、今、この国はまったく別々のたくさんの哀しさであふれかえっているように思える。

他の国の人々は、1000年に一度といわれる大地震が起きてしまったこの国の人間を、はじめは同情し、そして今は原発事故問題もあり非難している。

そんな中、わずかでもいい、この国の将来に希望の光みたいなものを見たいと願う。それはみんなもおなじじゃないか。

あたしはテレビのニュースに怯える息子にいった。

「ねえ、おまえはどうしてこの時代に生まれてきたんだと思う?」

「わからない」と息子は答えた。

「なんで?」と逆に訊ねられる。

あたしは首を左右に振った。それは、あたしもわからない。

けれど、こんな時代にこの国の子どもとして生まれてきたことには、なにか意味があるような気がして。そう思った子どもを持つ親は多いのではないか。

その意味は今はわからないけれど。

あたしは哀しい映像をだらだら流しつづけるテレビを消した。

そして、息子に告げた。

「さあ、勉強をはじめよっか」

息子は「こんなときにも勉強かよ」とぶつぶつ文句をいったが、目の前に算数ドリルを広げて置くと、観念したように問題を解きはじめた。

こんなときにも勉強か。そうなのかもしれない。わからない。

あたしというちっぽけな個人ができることはなんだろうか。義援金を送る、節電に協力する、買いだめを控える……そんなふつうのことは通り越したこの先に。

わかっているのは、自分の子どもが自分にとっては希望の光であること。

個人レベルでいえば、希望の光はたくさんある。

そのひとつひとつが大きな輝きとなって、今後のあたしたちの正しいいき先を、示してくれるといいのにと思う。

小5　5月

東北に住む母が亡くなった。震災後から徐々に弱っていった。なにか病気をしていたわけじゃなく、歩けなくなり、食べものが食べられなくなり、飲みものさえも飲めなくなって、そしてひっそりと死んでしまった。

母の容態がとても悪く病院に入院させた、そう父から知らせがあったのはゴールデンウィークが終わる頃だった。

知らせを受けてから何度か母を見舞いにいったが、一回りずつ体が小さくなっていくのだった。あたしはどんどん小さくなっていく母の姿を見て、この世から消えてしまうんだと1カ月かけて理解した。

火葬場で焼いた母は、骨壺ひとつ。ほんとうに小さくなってしまった。

その直後から、あたしは小さくなって消えてしまった母の姿を、頭の中で増幅させる作業をしている。

あたしの母は、いったいどういう女であったかなどを延々と考える。

正直いえば、あたしは母が大好きで、大嫌いで、大好きであった。

あたしには種違いの兄さんがいた。前の旦那のところに置いてきた子どもだ。母はそのことをあたしが知らないと思っていたみたいだが、あたしはずいぶん小さな頃から知っていた。

母にすがりついても、その手を振りほどかれるようなときがあった。一生懸命にしゃべりかけても、無視されるようなことがあった。

「この人、子どもあんまり好きじゃないから。だってさ……」

お節介な親戚がそっと教えてくれたのだ。

ひょっとして、あたしに全力で心を注ぐことには、置いてきた子への罪悪感が働いたのだろうか。

その思いが確信となったのは、去年、兄が亡くなったと知らせを受けてからだ。

震災後から寝込みがちな母であったが、その知らせを受けてから、ご飯を食べなくなった。

そして、あたしとも話をしてくれなくなった。

母が寝込みがちだと聞いて、心配して電話をかけても、がちゃりと通話が切られてしまう。

(結局さ、母はどの子も幸せにしていないんじゃないの)

あたしはとても腹を立てていた。腹を立ててる場合じゃないと気づいたのは、母が入院してからのこと。

小さくなってしまった母は、あたしが大嫌いだった禍々《まがまが》しい女の部分が消えていた。母は昔、ホステスをしていて、婆さんになってもやけに色っぽい女だった。母は母であるということよりも、女であるということのほうが強く思えた。

だから母は、いつも男に流されて生きてきたのだろうか。あたしはそんな母を、心のどこかで軽蔑していた。

あたしの父は何度も事業に失敗し、母はそれでもひたすら父を信じてついていった。おかげで、あたしは小学校を6回も転校させられた。夜逃げみたいなこともあった。

しかし、母は母として、決して立ち上がろうとはしなかった。

じつは、あたしの人生は、母の人生をそっくりそのまま準《なぞら》えてゆき、わざと結末を違《たが》えるという作業をしているにすぎない。

ホステスをしていたこと、離婚をしたこと。

男は好きだけど最終的には信用しない、離婚したら子どものことを第一に考える、自分の仕事を持つ。母もそうすれば良かったのに、と思うことを実際に、そのときの母の立場になってやってきた。

今まであたしは全人生をかけ、母の生き方を否定してきたようなものだ。

けれど、母がいなくなったら、あたしはどう生きればいいのだろう。わからなくなってしまうじゃないか。あたしたち親子は、写真のネガとポジのようなものであり、ほんとうはおなじものであったのかも……。

母が亡くなる前日、父から容態がものすごく悪いと電話がかかってきて、車を飛ばして息子と二人、母に会いにいった。もう新幹線がなかったのだ。

早朝から仕事があったため、一緒にいられたのは2時間程度だったろうか。

小さく小さくなった母を見つめていると、思わず口からこぼれた。

「お母さん、あたしはものすごくお母さんを愛してる」

もう話もできなくなっていた母は、震える手で紙に、

「そうか」

と一言、返事をくれた。

なんだ、知っていたのか。そういえば、あたしもわかってる。

息子の手を握っていたから、いえた言葉だと思う。

準えるものがなくなってしまうと、どう生きていいかなんていっていられない。

はじめて母と離れて一歩、踏みだせた。『そうか』と答えた母は、あたしにそっくりな、でもあたしとは別な、愛する対象なのだとわかった。そしたら、涙があふれて止まらなくなった。

小5　6月

「今日は抓られなかった？」

このところ、学校から帰宅した息子へ、真っ先にかける言葉だ。

というのも、息子は毎日、クラスメートから抓られて帰ってくる。

抓ってその反応を楽しむ……という遊びが、ある一部の男の子の間で流行っていると聞いたが、ほんとうだろうか。

けど、息子の真っ赤な二の腕を見ると、嘘ともいえない。

男の子というのは、子犬のようにじゃれ合いながら遊ぶもんだ。そして、遊びながら、群れの中の順列を決めていたりする。

抓られる子の中で、負けず嫌いの息子だけが、

「やめろよ。そんなの、ぜんぜん利かないし。これっぽっちも痛くないし」

などと余計なことをいってしまい、たくさん抓られているみたいだ。

（ははん、ひょっとしてまわりに女の子がいるね）

とあたしは思った。息子に問いただしてみたら、案の定そうだった。

思い返せば、抓る子は低学年のときから威張っていた。それでも、息子にターゲットを絞り、笑えないほどの意地悪がはじまったのは今年の2月からだ。

……2月といえばバレンタインデーがあったよな。毎年、イジメっ子のその子がいちばんチョコレートを集めていたけれど、今年は息子がいちばんだった。

息子が女の子にモテるから早めにつぶそうとしたんだろ。

同級生のイジメっ子は、まだ小学生というのにちゃんと雄なんだな。変なところで感心した。

が、感心してばかりもいられない。ある日、二の腕だけじゃなく、背中も太ももも赤くして帰ってきたので、たまらなくなってあたしはいった。

「抓られると痛いって、そいつにもわからせてやれ！　倍にしてやり返せよ！」

しかし、息子はへらへら笑うばかり。

「俺は平和主義者だから、やめろ！　って理性的にいいつづける」

「こう毎日毎日、抓られて。そんな甘いこといってる場合か！」

「は？　その考え間違ってない？　大人とは思えない。酷いことされても、泣かないでやめろといいつづける、普通は立派だって誉めるところだろう？」

たまたま一緒にその話を、あたしの女友達Bも聞いていた。うちに遊びにきていたのだ。

あたしはBに叱られた。

「ユウタが正しいだろ。室井が間違っている。ユウタはなんて立派なんだ。偉いよ、偉い」

「大騒ぎするほうが恥ずかしいっていうかさ」と息子。

Bは感心したようにウンウンと頷いている。

ふん、なにさ。二人して盛り上がっちゃって、なにさ！　あたしにとっては、息子がこれ以上、抓られないことが重要なのだ。

息子が3回抓られればあたしは6回ほどの、息子が5回抓られればあたしは10回ほどの、精神的打撃を受けるといっても大袈裟ではない。

あたしの息子を抓るんじゃないよ。でも、我慢すると息子が決めているうちは、あたしが学校にいいにいくわけにいかない。子どもには子どもの世界があるだろうから――。

それから2週間が経った。

昨日、息子は二の腕ではなく、顔を真っ赤にして帰ってきた。泣いて赤くなっているわけではない、高揚している感じである。

なにか、あったのか。それでもあたしはお約束のように、「今日も抓られた？」と訊ねた。

すると、案の定「うん」という返事が返ってきた。そして、

「今日は殴り返してやった。腹を殴って、あいつを泣かせた。すげぇ、痛かったと思うよ、本気パンチだから」

その日もたまたま家にはBがいて（しょっちゅう、うちにきている）、

「ユウタ、どうして？」

と絶句しておった。あたしもBにつづいた。

「あんた、どうした？」

息子は胸を張ってこう答えた。

「あいつ、ママのこといい出したから。前の日に、あいつ、お母さんと一緒にインターネットで見たんだって。『4回も離婚していて、ユウタのお母さんは頭おかしい』みたいにいうからさ」

……4回も離婚したのは、別れた旦那だ。あたしじゃない。

しかし、そんなことはどうでもいいよな。

Bはふらふらと台所へいって、冷蔵庫（うちの）から2本ビールを持ってきた。1本をあたしに渡す。

「室井、乾杯しよう。ユウタは、正しく育っているじゃないの。おかしいあんたの息子なの

に」

あたしらは乾杯してからビールを飲んだ。ぐりぐりと息子の頭を撫でまわしながら。

とっても、とーっても、旨いビールだった。

小5　7月

息子の夏休みがはじまった。

中学受験を考えている息子にとって、長期間の学校の休みはチャンスである。

じっくりと勉強が出来るからね。

息子の普段の生活は、学校が終わると塾に直行。そして、家へ帰ってきて風呂に入ると、もう寝る時間になってしまう。

塾がない日も、塾の宿題があるしなぁ。宿題なんてもんは塾のみんなに出されているわけだから、それをやるのは当たり前。当たり前のことをしていても学力は上がらない。

息子が本格的に勉強をやりはじめたのは、5年生からである。今年の冬休みはじっくりと勉強をし、偏差値を5ポイントも上げた。

やっぱ、勉強の楽しさは、テストでグンと点数や偏差値が上がったときに味わえるものだと思う。

いやいや、知らないことを知るということが楽しいんだ、という人もいるけれど、それは大人になってからの話じゃないの？

大人になって、自分の知りたいことを勉強するから楽しいんである。

中学受験の勉強なんてものは、いつの間にか強いられているものだ。新しく覚えなきゃいけないことが次から次へと現れて、それをノルマのようにこなさなきゃならない、知ることの楽しさなんて味わえるわけがない。

けど、あたしはべつにそれでもいいのだと思っている。今の時期はそれでいい。

息子は今、11歳。この時期は努力すると結果がだせる、ということを学べばいい。

大人になると、努力してもままならないことがたくさんある。けど、努力なしに結果をだせた人には会ったことがない。

あたしは息子に、やりたいことがあったら、当たり前のようにそのやりたいことに向かって努力出来る男になってもらいたい。

夢だけはあるけど、努力はいっさいしない人間って格好悪いと思う。『やれば出来る』といいつづけて、なんにもしない人間を何人か見てきた（男に多い）。自分がやりたいことをさせてもらえないのは、いつだってまわりのせいだ。

（努力出来るというのも才能なのかしら）

そう考えたときもあったけど、最近は違うな、と思っている。

小さい頃の訓練でどうにか出来るものなんだ、きっと。

やれば出来るといいつづけ、なんにもしない人の話を深く聞いてみると、努力したのに失敗するのが怖い人、というのがわかった。プライドがやたらと高かったりして。

世間の自分に対する評価と、自分で自分に下している評価の差があるのも共通項だ。

彼らは努力する、ということに慣れてないだけである。競争にも不慣れで、負けるという体験も少ない。

恋愛にとても似ている。一度でも失恋をしたことがある人は、恋愛しているとき『この人を失ってしまったら生きていけない』とか、『これ以上の相手には巡り会えない』とか思い込んでいても、そんなこともないなとわかってる。

だから、恋しているとき、夢中で相手にのめり込んでも、怖いと躊躇したりしない。むしろ、夢中になっていたときが楽しかったんだと、後から思う。

努力もそんなもんだと思う。

やりたいことがあって、その目標に夢中になっているときが楽しいんだろう。

すぐに目標が達成され、そこから先、いつまで現状維持出来るかを考えなきゃいけないときはもう楽しくないに違いない。

実際、机に向かって何時間も算数のドリルを解いている息子は、輝いて見える。

冷たい飲み物を持っていってやる。

「楽しそうだね」

とあたしが声をかけると、

「はあ？　めちゃめちゃ辛いし。ふざけたこというんじゃないよ」

そんな返事がかえってきた。

「いやいや、ママには楽しそうに見えるよ」

文句をいいたそうな息子を腕で静止させ、算数の問題を1題、そっとノートの隅っこに書いてみた。

「なんだよ、これ？」

「いいから、やってみな」

スラスラと問題を解く息子。その問題は5年生のはじめ、息子が解くのにとても苦労した問題だ。

ドリルのいちばんはじめのページを開かせ、そのことを告げる。

「えーっ！　オレ、こんな簡単な問題できなかったのかよ」

そういって息子はゲラゲラと笑った。ほら、あんたの笑顔、すっごく輝いてるじゃん。

小5　8月

受験勉強をする息子と、徹夜つづきの母親という組み合わせは、最悪なのだと思う。

この2週間、なぜか通常の倍程度の仕事が集中してしまい、あたしはキリキリしている。朝から外に出る仕事をして、夜に帰宅し、その翌日になっても原稿を書く毎日。それだけじゃなく、洗濯や飯炊きなどもしなきゃいけないから、睡眠時間がぜんぜん足りていない。キリキリもカリカリもしてくるのは当然だ。

仕事で手を抜くわけにはいかないから、家の用事はできるだけ減らしたいものだ。少しでもたくさんの睡眠を取りたくて、つい息子への小言が多くなる。

なんでパジャマを2回も着替えるのかとか、何度も注意しているのに洗濯したズボンのポケットからぐじゃぐじゃなティッシュが出てくるのはどうしてだとか、あれほどベッドの上でものを食うなといっているのに食ってるだろう、喧嘩売ってんのかとか。

あたしが忙しすぎて勉強を見てあげていないから、明らかにサボっているだろうと思われる息子。やっぱ、それにいちばん腹が立つ。

あたしの仕事のこの先よりも、息子のこの先のほうが長いんだ。41歳のあたしがここまで頑張っているのに、悲しくなってくる。

もう小学5年生なんだから。ママが見張っていなくとも、勉強しろや。自分のための勉強だろうが。早く、わかれ。

夏休みの塾の保護者会で、子どもに絶対にいってはならない言葉と、子どもを伸ばす言葉を、先生に教えられた。

べつに反対に覚えているわけじゃないのだが、口にしたくなるのは絶対にいってはならない言葉ばかりだったりする。

「そんなに勉強したくないなら、受験なんて生意気なこと考えるな」

「お金かけて勉強させようとしても、本人にやる気がないんだから無駄だね」

「ああ、もうすべてが面倒くさくなった。あんたなんてどうでもいい」

「駄目なやつ！」

じつは、もう口にしちゃっている。

ひょっとして、ひょっとして、あたしがそれらの言葉をいっているから、息子は自分からすすんで勉強をしないのであろうか。

いやいや、息子がサボりはじめたから、あたしはそれらの言葉をいいたくなった。

でも、こういう問題は、鶏が先か卵が先かみたいなもんなのかもしれない。

あたしだって、伸ばす言葉を口にしたい。

けれど、先生から教えられた子どもを伸ばす言葉は、今の息子のどこでどう使っていいのだかわからない。

「あなたが苦労したことを、お母さんはわかってる」

（先生、うちの息子は苦労なんてしちゃいないんです。隙を見つけては、少しでもサボろうとすることしか考えていません）

「すごいじゃない！　おめでとう。苦手な単元も問題も、頑張っていたもんね」

（うちの子は苦手な教科は、教科書も開けようとしません）

「入りたい中学にも、入れる点数だね」

（ぜんぜん偏差値が足りないよ）

「あなただから、出来たのよ」

（……最近、息子が出来たといって威張ってたこと。それは金玉を上下に動かせるようになったこと）

「お母さんと力を合わせて頑張ろうね」

「この問題、どうやって解いたの？　お母さんにも教えてよ」

（これ以上、睡眠時間を削ったら、あたしはきっと倒れてしまう。殺す気か）

なんかもう、すべてがどうでもいいような気がしてきたな。

（あ、また絶対にいってはならない言葉を使ってしまった）

昨夜の8時、夕飯の支度をしなければと慌てて家に帰ったら、息子はベッドに寝転がって漫画を読んでいた。枕元に積まれている冊数で、学校から帰宅してずっと漫画を読んでいたことがわかる。こいつ、駄目なんじゃないか。

（あ、またまた口にしてしまった）

腹が立ったあたしは、ベッドサイドに突っ立って、先生から教えられた子どもを伸ばす言葉を喚いてみた。

「おまえが苦労していたことを、あたしはわかってる！　すごい、おめでとう！　苦手な単元も頑張っていたもんね！　おまえだから出来たのじゃ！　入りたい中学にも楽々入れる点数じゃ！　力を合わせ頑張っていこう！　あたしにも教えろや！　よくわかんないけど、バンザーイ！　バンザーイ！」

そう一気に捲し立てると、息子はたいそう気味悪がって、「勉強するよ。やればいいんだろう」と机に向かった。

結局、先生に教えられた子どもを伸ばす言葉というのは、効き目があったのか。あったのかもな。

小5　9月

あたしは命令されるのが大嫌いな女である。どうせそのようにしようと思っていたことでも、先走って命令口調でいわれたりするとカチンとくる。そんな気はさらさらなかったが、真逆の方向にわざと動いたりもする。

息子はあたしの子どもだし、おなじようなもんかもしれないと思った。勉強しろ、勉強しろといわれるから、したくなくなるのではないか。

ここ2カ月、息子の成績が低迷している。理由は簡単だ。勉強しなくなったから。

昨日は大事な塾の組み分けテストであったが、前日の夜中までまったくエンジンがかからなかった。

おかげで、結果は悲惨だった。まだ成績表は返されていないが、クラス落ちしているかどうかの瀬戸際だろう。

夏休みには頑張って、トップクラスの端っこに潜り込み、その中の天才集団の背中がようやく見えてきたところだった。

もう少し、もうちょっと、頑張ってほしかった。

たぶん、あたしがそういいすぎたのか。

（息子はあたしの子であるからね）

というのを、やる気を失っている息子を見ていて、途中で気づいた。

だから、それからは勉強しろとなるたけいわないようにした。

運動会が終わった後、中学校見学を兼ねた小旅行にも連れていった。入りたい中学校を目にすれば、自ずと頑張らなきゃと考えるだろうと睨んだのだ。

息子は学校を見て、

「いいじゃん、この学校。楽しそう」

と盛り上がっていたが、それはその場かぎりの盛り上がりであったよう。

帰宅しても、だらけた生活を送りつづける。

あのぉ、あんたが入りたいっていう学校に、偏差値5ポイントも足りないんですけど。あと1年3カ月しかないのに、どうするの？

たまたま組み分けテストの日は、塾の保護者面談の日でもあった。面談をしてくれたのは、国語担当のお爺ちゃん先生だ。

息子の国語の成績は最悪だが、なぜかこの先生に、息子はいちばん怒られて、いちばん可愛がられている。『ユウ坊』と、名前に『坊』をつけて呼ばれているのは、息子だけみたいだ（坊って古いなぁ）。

息子が幼稚園の頃、ベビーシッターはあたしの父だった。息子がその先生に懐くのは、爺ちゃん子だからだろう。

このお爺ちゃん先生は、塾の名物みたいな方である。ＰＴＡがたくさん集まる塾の保護者会のとき、ほかの先生方が自分の教えている教科の成績を上げるためのレクチャーをさんざん熱弁した最後に登場してきて、

「国語さえ頑張れば、算数も社会も理科も成績は上がるんです。だって、問題は日本語で書いてあるんですから」

というようなことをいってしまう。

その場にいた保護者は、ひゃーっと心の中で声を上げ、みんな仰《の》け反っていた。あたしはそうだった。

塾のない日にこのドリルとこのドリルを終えて、さらに時間があったならこっちのドリルにも手を伸ばし……というのはあんまり関係ないってか？

「子どもに勉強しろ、勉強しろといわないでください。追いつめないで」

といっていたのもこの先生だ。

「だって、子どもは勉強が好きなんだから」というお考えのようだ。

おうおう、先生のおっしゃるとおり、「勉強しろ、勉強しろ」といわないようにしたら、息子はこのだらけよう。どうしてくれる？

貫禄たっぷりの先生を前にして、そうはいえなかったけど。

言葉を代えて、あたしはこういった。

「勉強しろといわないようにしました。たぶん、今回のテストの結果は悪いです」

先生は「そうですか」と答えた。

「じゃ、次のテスト頑張るかな」

「先生、次のテストはずーっとあるわけじゃありません。そのうち入試になってしまいます」

「大丈夫。あの子は頑張りますよ」

「いつからですか」

「大丈夫。みんなが頑張り出したら、あの子も気づきます。素直ですからねぇ。……素直で可愛らしいんです。わたしはあの子の将来に期待していますよ。いやあ、あの子は面白いやつになります、絶対に」

あの子は大丈夫、と先生はくり返した。大丈夫というのは、中学受験のことなのだろうか。

それとも、大人になってからのことなんだろうか。

そりゃあ、あたしは中学受験のことについてであってほしい。その道のプロである塾の先生と話をしているのだから。

そこのところを深く突っ込みたかったが、出来なかった。こんなに好意的に息子のことを思ってくれている人に対して。

先生がやけに遠い目をして、お話をされていたのがとても気になった。

小5　10月

学校から帰宅するのが夕方の4時。宿題を30分で終えて、

「いってきます！」

と今日も元気に息子は塾へ出かけていった。運動会に学芸会、このところずっと休む間もなく、大変なことだと思う。

5年生になってから、塾は週に4回もある。夕飯の弁当を持っていって、夜の10時くらいまで帰ってこない。

嫌がらずに塾へ通うだけで、誉めてあげるべきなんだろうか。

たとえ、テストで偏差値29を取ってこようが。

生まれてきてから40年以上経ったが、あたしは偏差値に29というものがあるなんて、知らなかった。そんなに頭が良いほうじゃなかったけど、偏差値29という数字はこの歳まで見たことも聞いたこともなかった。

いやあ、びっくりだ。たまげたね。

どっかの育児本に『子どもを産むと世界が広がる』なんてことが書かれてあったが、まさにその通りである。

偏差値29は、国語のテストだった。

息子は長い文章を読むのが大嫌いだ。生まれてきてからきちんと読んだ本は、教科書と漫画だけ。いくら本を買ってきても、本棚で埃をかぶっている。母親も別れた父親も物書きだというのに、なんてこった。

全身全霊で親のことを、否定したいってか。まあ、母親も父親も誉められるような人間ではないので、それならそれで力強く生きていってほしい。

けれど、偏差値で29を取るのはやめておくれよ。

これまでも驚くような点数を取ってきたことがあるけれど、さすがに偏差値29ってどうなのか。1年後に受験を考えるなんて、生意気なのではないか。

塾の先生に話を聞いてみようと思い、電話をかけた。先生は、

「言語と漢字を家でしっかり勉強すればまだまだ大丈夫です」

といわれた。

言語と漢字ね。「わかりました」と返事して通話を切ったが、あたしはそういうことじゃ

ないと思う。

だって、偏差値29のテスト、言語と漢字だけはいくつか当たっているもん。

いや、漢字は外れていた。『せんとうに立つ』という問題、答えは『先頭に立つ』だ。息子は『銭湯に立つ』と書いていた。

そういや、息子が小学校に入る前、あたしたち親子は都内の銭湯巡りに燃えていた時期があったっけ。

東京都の条例では、小学4年生まで親と一緒に男の子も女風呂に入っていい。だけど、体の大きな息子は、小学校にあがるまでには番台の人に変な目で見られるようになってしまった。そして、いつしか銭湯にはいかなくなった。

銭湯に通っていた頃、息子は風呂上がりに脱衣所で、真っ裸でいつも瓶のリンゴジュースを飲んでいた。

まさしく、それは『銭湯に立つ』であった。片手を腰に当て、リンゴジュースを飲む息子。あたしの脳裏にははっきりと『銭湯に立つ』息子の姿がこびりついている。

けれど、そんなことをいっても仕方ない。次に外れた『○肉○食』の○の部分を埋めよ、という問題で、『弱肉定食』と書いているのなんていい訳できない。

『焼肉定食』と書いてウケを狙いたかったのならまだわかるが、『弱肉定食』である。

こいつ、ほんとうに国語の才能がないよなぁと思う。文章問題なんてぜんぜんできないし。

あまりにも酷いので、あたしは息子に訊ねてみた。

「ひょっとしてあんた、文章に書かれている意味がわからないんじゃない？」

すると息子はゲラゲラと笑った。

「あ、わかっちゃった？」

「わからいでか！」

テストの問題が出来るうんぬんよりも、これは大変なことなのではないか。

あたしは恐る恐る息子にいった。

「こうして話をしている会話の中身は、わかっているんだよね」

「はあ？」という顔をして、息子はあたしを凝視した。

「馬鹿にしてんのか」と息子。

「馬鹿になんかしてないよ。マジで心配になったから」

息子はまたゲラゲラと笑った。

「なにいってんだよ。わからないわけねぇじゃん」

だったら、いいか。いや、良くないんだよ、受験するんだから。

あたしは考えに考えて、国語は偏差値45を目指すことにした。漢字と言語は暗記すればなんとかなる。

後はいちばん点数が高い文章を読んでの記述問題なのだけど、そっちは満点をめざすことを諦めた。センスがないのだから仕方ない。

それから1週間、あたしは受験用の国語問題をたくさん読んだ。そして、こう息子にアドバイスした。

「受験に出る物語文は、人が死ぬ話、淡い恋の話、主人公がひねくれる話、その3つじゃ。そうとわかったらだいたいの暗記用の答えを作ってやる。○は無理でも△はもらえるように」

ほんとうに、調べてみたら受験用の国語の物語文はおおまかにこの3つだった。人が死ぬ話、淡い恋の話、主人公がひねくれる話、ほとんどそのワンパターンだ。

それさえわかれば息子の成績はどうにかなるだろうか。っていうよりも、あたしが国語の問題となるような小説を書ける気がしてきたよ。

小5　12月

12月の中旬。慌ただしい毎日がつづいている。

年末年始は出版社が休みに入るので、連載原稿をある程度書き貯めて提出しなければならない。それに、テレビの仕事も特別番組の録り貯めがある。

それにそれに、冬休みに入る前、息子の塾でクラス分けテストが行われる。

良い気分で年を越したいなら、頑張るしかあるまい。

しかし、２０１３年は受験だというのに、息子はあたしが指示しないと勉強をしようとしない。

クリスマスプレゼントもお年玉も、クラス分けテストの結果を査定して考慮する、と息子にはいってある。中途半端にお坊ちゃまで、あんまりものに執着がないみたい。

とにかく、自分のスケジュールと、息子のスケジュール、カレンダーは細かな書き込みで真っ黒だ。見ているだけで具合が悪くなってくる。

物書きになって14年。年末はそんなもんだとわかっている。わかっているはずなのに……。

なぜだろう。今年は、とくに辛い気がする。

頑張れば頑張っただけ報われるというような、子どもの頃から信じてきた考え方が揺らいでいるからかもしれない。

長いことそう信じてきたけれど、ほんとうに頑張れば頑張ったほど報われるのだろうか。

もちろん、そうであってほしいと願う。しかし、実際の世の中は、そんなもんでは決してない。たとえば世界の富裕層の人間で、汗水垂らして働いている人など皆無だろう。

なんかもう、あたしは自分を誤摩化せないような気がしてる。自分のことも誤摩化せないのだから、息子にその教えを強いるなんて真似していいのだろうか。

「いいよ、もう」

という言葉が喉のあたりにずっと引っかかっている。

いいよ、もう。

一言そういってしまったら、あたしも息子も楽になる。

しかし、その一言をいってしまったそれからが怖い。

だって、頑張れば頑張っただけ報われると子どもの頃から刷り込まれてきたのだ。その考えは、あたしという人間の骨格になっていて、いまさら、頑張らずにどうやって生きていっていいのかわかっていない。

寒いけど頑張って早起きする、面倒だけど頑張ってご飯を作る、眠いけど頑張って仕事して、そのくり返しでしょう人生なんて。

そんな独りで考えていればいいような話を、つい息子の同級生の同年代のお母さんにしてしまったのは、たぶん独りで考えるには辛かったんだと思う。

そしたら、「わたしもおなじよ」という答えがかえってきた。

「わたしもおなじこと考えてた。まだ小学生の子どもにがんがん勉強させてさ、自分の稼ぎはほとんど教育費につぎ込んでさ、それでもこの先に確実な幸せが見えるならいいけど、そうじゃないじゃん。疲れるよね」

そのお母さんがつづける。

「けどさ、今の生活に不満はあるけど、ほかにどうしていいかわからないもん。子どもが将来食いっぱぐれないようにって考えると、少しでも良い学校に入れたほうがいいかなぁとかその程度しか考えつかない。そんなの当てにならないってこともわかってるんだけどね」

「いつからそう考えるようになった？」とあたしが訊ねると、

「今年」とそのお母さんはきっぱり答えた。

やっぱり、今年だ。２０１１年は今まで当たり前のように信じていたことが、覆されるような出来事が多々あった。国家を代表するような大企業の実態が適当だったり、国が我々国民を守ろうとしてくれなかったり、責任を取らなきゃいけない人間がすっとぼけを決めたり。

でも、あたしたちはどうしていいかわからないから、これまでのように変わらず生きていくしかない。

「しょうがないから頑張りますか」とあたしがいうと、

「仕方ないから頑張りますか」とそのお母さんが返してきた。

願わくば2012年は、もう少し夢を見ることが出来る世の中になるといい。夢さえ見ることが出来れば、疲れていても手足は前に動くと思う。

小5　1月

1月も10日を過ぎて、家の近くの神社にお参りにいってきた。もちろん、神様にお願いしたのは息子のことだ。

今年、小学6年の息子は受験生。来年、志望校に合格しても、残念であっても、あたしたち親子にとって良い受験であればいいいと思う。

けれど、そう思えるかどうかは今年1年の過ごし方にかかっている。精一杯、頑張ったといえる人間でないと、その境地には達しないだろう。

いつまでたっても自分が受験生であるという自覚の足らない息子のことはひとまず置いといて（置いといちゃいけないだろうけれど）、中学受験を息子にさせると決めた母であるあたしは、今年からほんとうに本気で頑張ろうと思っていた。

まわりの友人たちにも「2012年はあたし、絶対に遊びにいったりしないから、誘わないで」と告げておいたし、息子の冬休みに入る前、親子で一晩かけて冬休みの予定表も作った。

せっかく作った予定表。その30％も終わらなかったのは痛かった。

来月から息子が通っている塾では、6年生の勉強に入る。教科書をざっと読んでみたのだが、5年生の応用編が6年生の勉強といった感じだった。だから、この冬休みは今までやった単元の中で苦手なものをみっちり勉強し、克服する期間に充てていた。

年末年始にかけてあたしがぶっ倒れたのが不味かった。

去年の30日があたしの仕事納めで、その足で息子を連れて実家のある蔵王へ向かった。そして、31日のこと。あたしは喉頭炎にかかり、39度近い高熱を出してぶっ倒れた。おかげで正月からお尻に座薬を入れるはめになった。それはいい。

息子ったら、ぜんぜん心配してくれないでやんの。

午後はみっちり宿題をするという約束をし、31日と1日の午前中はスキー場にいく計画を立てていた。でも、31日に高熱を出してしまったあたし。

実家は田舎であるから、救急病院まで車で1時間はかかる。スキー場へいきたいという息子、病院へ連れていけというあたし。

「なにいってんの！　この馬鹿！」

そう息子を怒鳴ったら、息子は体温計を持ってきて、自分の目の前でもう一度はかり直せというではないか。

「疑ってるんじゃないよ。でも、念のため」

ちょっと笑ってしまった。だって、息子のその言葉は、体の調子が悪いから学校や塾を休みたいという息子に、あたしが必ずいう言葉であった。

熱のせいで、とてもじゃないけど息子に張りつき勉強を見てやるという気にはならなかった。体調が悪いといっている母の心配もしてくれない薄情な息子に、どうしてそこまでできようか。

「ママが病院へいった後、おまえは爺ちゃんとスキー場へいけばいい。けど、約束して。予定表通りに勉強するって」

かろうじて怖い顔を作ってそう約束させた。スキー場へいきたくてたまらない息子は、「わかってるって」と何度もいった。「まかせろ」とも。

絶対100%約束は守られないことを、あたしは知っていた。息子があたしをナメてるからだ。威厳がない母だからね。

しかし、あたし以外の誰かと約束をしたらどうなんだろう、とふと思った。強烈に権威があって偉い何者かに。

あたしの脳裏に『神』という言葉が浮かんだ。そこで風邪が完璧に治った10日過ぎに神社にお参りにいったのだ。

神主さんに祈禱もしてもらった。神妙な顔をして祈禱を受けている息子にこっそり囁いた。

「あんた、なにお願いしてる?」

「受験、受かりますようにって」と息子。

「馬鹿だね、受験は来年。今年は勉強、頑張れるように祈りなさいな」

「わかった」

それにしても静まり返っている境内の中で、息子の足の臭いが気になって仕方なかった。あたしたちの隣で祈禱を受けている方も気づいただろうか。

神社を出てから、あたしは息子にそのことを話した。息子は「オレも気になった。すっげぇ臭かった」と爆笑した。

神主さんが、はじめに2回柏手《かしわで》を打つのは、眠っている神様に起きてもらうためというようなことをいっていたが、ひょっとしてその前に神様は起きてしまったかもしれない。

ええ。神様、あの強烈に臭い足の男が、あたしの息子です。来年、合格させてくれとまでいいません。そこまではいいません。頑張りぬく根性を、我々親子に授けてください。

Column 02

親じゃなくても出来ること

『毒親』という言葉は、もうすっかり世の中に浸透したみたいだ。

これまであたしは、

(生まれたときから親は親であるわけで、はっきりと虐待されたとかいうのじゃなければ、自分にとって親が良かったか悪かったかなどということは、考えるべきじゃない)

そう思っていた。

だってほら、小さな頃から一緒にいる母親が、ブスか美人かなんて、客観的にはわからないじゃない？　親ってそういうものじゃないかと。

けれど、そんな簡単な話じゃないみたいだ。

数年前、レギュラーで出ているラジオに、『毒親のせいで自分の人生が上手くいかない』という内容の本を書いた方がゲストでいらした。その方の著書を読むと、その方のそれまでの人生が辛いものだったのは、たしかに親のせいもあると思った。

しかし、子の親でもあるあたしは、どうしてそこまでこじらせてしまったのかと思ったし、正直いえばなんともいえない厭な気分になった。そして、少しだけわかったことがある。

親に対する鬱憤を晴らしたいがための告白ではなく、現在の自分と向き合うため、親との辛い関わりを書いている。それをしないと、生きていけないからそうしている。

やはりあたしは、どうしてそこまでこじらせてしまったんだという感想だ。

『毒親』の告白をする人に対して、世間では「子どもを育てるのがどんなに大変なことかわかっていないだろう」という人や、「親にだって親の意見がある」という人もいる。

でも、あたしは、子どもがそれをしなくてはこれから先、生きていけないというのならするしかないんじゃないかと思う。

実際、あたしが息子にされたら厭だけど。死にたくなるに違いないけど。それでも親なら、そんなことで子どもが生きていられるなら、と考えるべきだろう。そして、そんな親なら、子に『毒親』なんていわれっこない。

しかし、そういった心の根っこの話し合いなんて、親子でしたりしない。つまりあたしも息子に『毒親』だといわれる可能性はゼロではない。

親は替えられないし、子どもだって替えられない。そんな中、たまたま意思の疎通が難しい、相性の悪い組み合わせだってあるだろうと思う。ラジオで出会った方に再び会うことがあっても、あたしは居心地悪く、その場にいるだけだ。部外者に出来ることなどないのだから。――ずっと、そんな風に思っていた。

でもね、数日前、そんなこともないとわかった。

Column 02

20歳ほど、歳の離れた女友達がいる。もともとは20歳ほど歳の離れた彼女のお父さんと、仕事仲間だった。

彼女は異常なまでの引っ込み思案だ。だが、なぜかあたしとは会った瞬間からくだけてくれた。少し話しているうちに、読んでいる本や、興味あることも一緒だとわかり、急速に仲良くなっていった。

彼女の家に遊びにいって酒を飲んだときのことだ。彼女がつまみに、お手製のピクルスを出してきた。とても美味しかったので、絶賛した。そして、自分の家でも食べたいから、作ってくれとずうずうしくお願いした。

すると彼女はいきなり慇懃《いんぎん》になり、「ありがとう」といってきた。「こんなに誉めてもらうのははじめて」だと。

それから彼女は親の話をしだした。

彼女の親は、『毒親』とは真逆の立派な人だが、彼女にはそれが辛かったみたいだ。どうして彼女が異常なまでの引っ込み思案になったのかもわかった気がした。

ひと通り、彼女の話を聞いてから、あたしはいった。

「そりゃあ、あんたは悪くない。親がすごすぎるだけ」

ほんとうにそう思ったから。彼女は「すっきりした。ありがとう」ともう一度いった。

いや、こっちこそ「すっきりした。ありがとう」だ。親との関係を悩んでいる人に対し、出来ることなどないと思っていたけれど、そうじゃないってわかった。

親じゃなくても、相性の良い人がいればいいんだ。たぶん、そう。

受験前夜編

受験ってヤツは

ここ1年、どんなに頑張っても、息子の偏差値が60から上がらない。なぜだ？　ほかのみんなも頑張っているからか。60という数字で安定した、という見方もあるのかもしれない。実際、塾の先生方にはそういわれる。

たしかに、それが息子の実力なんだ、よくそこまで頑張った、そういってしまえばあたしも息子も楽になるだろう。

6年生からは、今までやってきた単元が複雑に交じり合ってテストの問題として出るので、そうそう成績のアップダウンはないといわれている。ちなみに、塾の模試で偏差値60とは上位15％なんだそうだ。

ま、あたしの息子にしちゃあ頑張ったほうか。

そういや、小学校3年生の終わり、塾で新4年生のいちばんはじめのテストの結果は、偏差値は35くらいだった。成績表が返ってきたとき、母であるあたしは、

「この分野で勝負させるのは間違いなんじゃないか。駄目じゃこりゃ」

そんな風に思ったっけ。その頃のことを考えれば、今の悩みは贅沢なのかもしれない。けれど、ほかのみんな（塾の先生とか）が、それが息子の実力だと判断を下そうとすればするほど、母であるあたしは違うんじゃないかと思えてくる。

当人がとっくの昔に、『オレは偏差値60の男』と決めつけていそうなところも厭だ。

1月末に、5年生最後のテストの結果が返された。やはり偏差値は60だった。息子は返された成績表を見て、

「よっしゃっ！」

と小さくつぶやいた。

「はあ？　よっしゃっ！ってなんだよ」

あたしはそういい返してしまった。

勉強嫌いな息子が、ようやく自分から机に向かうようになり、塾にもサボらずいくようになった。なので、結果についてはあまり口を出さないようにしていたんだが……。

あたしはいった。

「あんたは頑張ってる。それはわかってる。でも、もう少しいける気がするんだよね」

「無理無理。オレ、嫌だからな、これ以上勉強すんの」

「勉強時間が増えずに偏差値だけ上げればいいんだよな。なにか方法は……。勉強の仕方を変えてみるとか？」

「はあ？　なにいってんだよ。おまえになにがわかるんだよ」

息子のいうとおり、あたしはもう息子の勉強がわからないのだった。けど、勉強はわからないけど、勉強の仕方のどこが不味いかはわかるかもしれないと思った。

あたしは週刊誌で時事ネタについてコラムを書いている。ワイドショーに出てコメンテーターをしている。この国について、どこが不味いかはわかる。だからといって、どうすれば解決するかまではわからないけど。

息子の勉強についても、勉強の仕方のどこが問題であるのかは、わかるような気がした。嫌がる息子を説き伏せて、息子の勉強している姿を側で見ていた。そしたら、わかった。集中の仕方が甘い。

息子は鼻歌をうたいながら、足をぶらぶらさせながら、教科書を読んでいた。駄目だろ、そんなことじゃ。頭に入らないだろ。どうせやるなら集中せんかい！

あたしはそのことを息子に告げた。

「おまえはママの子なんだから、集中力はあるはずだ。ママは原稿書いているとき、電話の音にも気づかないじゃん」

そして、提案した。

「これからは勉強してるとき、ほかのことを考えるのは禁止。そのかわり、塾の宿題終わったら（膨大な量で終わらないこと多し）、その日はもう勉強しなくてよし。おまえも楽だろ、そのほうが」

「えーっ、そんなことでいいのかよ。わかった、集中だな」

もっと勉強しろと説教されるんじゃないかと恐れていた息子は、あたしの出した提案をすぐに飲んだ。

それから1カ月、何事もなく順調に過ごしているのかと思った。

おとつい、息子の部屋とリビングの境目に置いてある、巨大な鉢植えの水があふれるまでは。

水は息子のおしっこだった。息子はリビングのドア、トイレのドア、たった2枚のドアを開けるのを面倒くさがり、鉢植えにおしっこをしていたのだった。

「ママがいうとおり、オレ、集中したんだよ」

怒るところなんだろう。しかし、起こった問題のレベルが低すぎて、なんかコメントするのも面倒だ。あたしは黙って鉢植えを処分した。

大阪の橋下徹市長が「目標の学力水準に達しない小中学生に対し、留年の導入というのはどうか」と提案し、話題になった。

橋下市長は、「義務教育で本当に大切なのは、目標に達するまで面倒を見ること。子どものためになると思う」といっている。

しかし、教育委員側は「厳格に運用すると、子どもの学習意欲をそいでしまう」と否定的。

結局、大阪市内の学校関係者や子どもの保護者から、

「病気などの理由ならともかく、学力でも留年になると、事態を受け止められない子どもも出てくるかも」

「大阪市だけそんなことをするのか」

などという不安の声が上がり、それからこの話は「夏休みなど長期休みに、遡って勉強させたらどうか」という具合に。

もともと橋下さんの発言は教育評論家の尾木ママの、

「子どもたちに対する基礎教育の徹底は、人権保護にも等しい重大なものだ。しかし、日本の教育システムは成績が悪くても機械的に進級、卒業させてしまう致命的な欠陥がある。小中学校の留年制度を導入するオランダでは、科目単位で多くの生徒が自ら留年を選択し、学力を高めるシステムを構築させている」

という意見に感化されての発言であったようだ。

欧州では、基礎的知識を義務教育中に学ぶのは大切なことだが、現状の日本では、『留年小僧！』などと差別されたりするから難しいのか。

この国では、その他大勢でいないことがいじめの対象になったりする。嫌らしいと思うが、それがこの国の風潮ともいえる。

以前、尾木さんとご一緒した番組で、オランダの子どもたちは、「留年するより基礎的知識を身につけないことが、今後の自分のためにならない」といっていた。

そりゃあ、欧州にだってイジメ問題はあるだろう。けど、あちらの人々は、『人は人、自分は自分』という考えが、根っこの部分に深く刻まれているのかもしれない。そこが日本人と根本的に違う。

あたしの個人的意見といえば、勉強は一度つまずいたらわからなくなる、というものだ。

つまずいた部分を徹底的に炙り出し、そこをクリアしないと先にはすすんでいかない。わからなくなったら、勉強が楽しくなくなるじゃん。それがいちばんの問題だ。

じつは、息子が5年生のとき、算数の図形問題でつまずいた。考えに考えて、あたしは4年生から遡って基礎の基礎から勉強させた。

塾の授業はどんどん先にすすんでいって、新しいことが増えてゆく。親子して焦らないこともなかった。

が、今から考えてみても、それしか方法はなかったように思う。今では算数の図形は、息子の得意分野だ。

母と必死で4年生の問題を問いていた地獄の日々も忘れ、

「図形なら解けない気がしない」

とまでいっている。子どもは忘れっぽいからね。

一時はほんとに死にたいくらい大変だったはずなんだけど。その死にたいくらい大変だったことを、学校でしてくれるっていうなら、母であるあたしは万々歳だ。

息子の成績は息子のもの、その先の将来も息子のもの、だとしたらまわりを窺って人に合わせることが、本人にとっていちばん重要なことであるはずがない。やっぱり、人は人、自分は自分じゃないかしら。

小6　4月

塾の個人面談にいってきた。いきたくなかったけど。

このところ息子の成績は下がり気味。

こういうとき、先生になんて会いたくない。息子の成績の話なんて聞きたくない。

子どもの頃、宿題をやっていなかったりすると、翌朝学校へいくときにお腹が痛くなったものだった。親には仮病だと罵られたが、ほんとうに痛かった。

40歳を超えて、ふたたびおなじような腹痛に襲われた。

個人面談は午後3時からだったが、午前中に塾に電話を入れる。

「体調が悪いので、面談の日を変えていただきたいのですが……」

塾側からOKをもらう。

「お大事になさってください。後日、また面談日のお電話を入れます」

「ありがとうございます」とお礼をいって、受話器を置く。頭を抱えて、その場にしゃがみ込む。

これでいいのか。先生は「後日、また……」といっていた。ということは、絶対に面談からは逃れられないわけである。

厭なことを先送りしてどうする？　厭なことはさっさと済ませるのが正しい。息子にも普段そう口を酸っぱくしていっているじゃないか。

あたしは1時間後に、また塾へ電話をかけた。

「体調が良くなってきたので、やっぱり3時に伺ってよろしいですか」

「お待ちしています」

はじめからこうすればよかった。なにやってるんだろ、あたし。息子の成績が落ちて、気が弱くなっているのがいけない。いつもより濃いめに化粧をし、塾へ向かった。

面談室にやってきたのは、校舎内でいちばん強面の算数の先生だった。向かい合う。先生は開口一番、いった。

「成績が下がってきています」

そんなこと知ってるってーの。誰よりも知ってるってーの。受験日は1年を切ってしまった。そんな時期のスランプだ。心配しすぎて、あたしの頭には今ハゲが2つ出来ている。

「彼、この期に及んで宿題の提出率悪いです。ノートも取ってない。ああ、だからですね。ほかの子が頑張る中、彼だけ頑張っていないから、成績が落ちてきたんだ」

あたしはぎゃっともぎょっとも違う、変な声を上げてしまった。先生、理由がわかっているなら、どうにかしてくれよ。

先生はあたしの気持ちを読み取ったのか、すぐに答えをくれた。親であるあたしからすれば、答えになっていない答えである。

「ほかの子が頑張っているのを見て、自分もやらなきゃと自覚すればいいんですけど。彼の場合、やる気になれば強いんです」

だから、やる気にするにはどうすればいいというのじゃ。今、ほかの子の頑張りを見ても、なんにも感じていなさそうなのに。

そして、先生はとどめの一言を決めた。

「お母さん、私は今までたくさんの子どもたちを見てきました。息子さんのタイプは、全勝するか全落ちするかでしょう。彼自身がやる気になったら、ぜんぜん偏差値の届いてなかった驚くような学校にも入れるかもしれませんよ。ノッてきたら強いんだ、あのタイプは、うん」

一瞬、考えた。けど、すぐにわかった。今のままだと全落ちする可能性もあるってこと。

あたしはいった。

「あの～先生、うちは無難に、5校受けて3校受かる、みたいなのがいいんですけど」

先生はすげない。

「そういうタイプと違いますね、息子さんは」

そういうタイプもどういうタイプも、全落ちなどという恐ろしいことは避けたい。

だ・か・ら、やる気にさせるにはどうしたらいいのーっ！　わからないーっ！

きっと、先生にもわからないに違いない。それがわかっているなら、もう教えてくれている。

肩を落として帰宅した。息子は床に寝転んで、漫画を読んでいた。息子の側にいって、声をかける。

「塾の宿題やった？」

「ん？　ない」

嘘ばっか。気づくとあたしは、息子の体をまさぐっていた。どこかにやる気スイッチがあるんじゃないかと思って。

小6　7月

息子は小学6年生。最後の夏休みに突入した。1週間目だ。

朝7時に起床。計算ドリルを解かせ、ご飯を食べさせ、8時半には弁当を持たせて塾に送りだす。

夕方の5時頃に息子は帰宅。7時までが自由時間で、その間に風呂と夕食を済ませる。

7時から10時まで勉強、というスケジュールを組んでみた。

やらせすぎ？

そうかしら。ほんとうは11時まで勉強をさせたいのだけど、勘弁してやったくらいじゃ。

息子は受験生。夏休みは10時間勉強するようにいわれている。中学受験の本や、ネット情報にも、そのようなことが書かれている。

『6年の夏休みは天王山です！』ってなことが。

朝1時間、塾で6時間（休憩時間もあるので）、帰宅して3時間で、ちょうど10時間。

あたしの周りの子どものいない女友達には、「鬼じゃ！　鬼母じゃ！」といわれている。

中学受験を知らない人には、そう思える勉強時間なのかもしれない。

実際、自分の子ども時代をふり返ってみると、夏休みなんてぜんぜん勉強をしていなかった。学校の宿題さえしなかった。

時代が違う、とはいわない。

都会に住んでいる同年代の友達は、中学受験をした人も多く、やっぱり6年の最後の夏休みは地獄だったと話してくれる。

違うのは、親か。

受験させて少しでも有利な人生に、と考えたのはあたしだ。

あたしの親はあたしが小学生の頃、そこまで考えていなかったろう。

別にそのことで親を恨んでいたりしない。逆にそのことで親に感謝したりもしていない。

なんていうか、そのとき、その親の元に生まれてくるもの、運みたいなものであると思う。

しっかし、1日10時間と決めてしっかり出来たのは、昨日までであった。

取材で1日外へ出ていなきゃいけない仕事があり、終わったのが夕方6時。

ベビーシッターに電話をすると、息子はもう塾から帰ってきて、夕飯もすんだとのこと。

じゃあ、家に帰ってご飯を作らなくていいんだね。編集者と軽く1杯ひっかけてから帰ることにした。

　1杯が2杯になり、気づくとボトルを開けていた。時計を見ると、もう10時をまわっている。

　もう一度、ベビーシッターに電話をかけた。

「今日は疲れてるみたいで、もう寝るっていってますよ」

　息子に電話を替わってもらう。

「オレが勉強しているのに、おまえはなに飲んだくれてるんだよ」

　そうお叱りを受ける。

「ただ飲んだくれているわけじゃない。仕事だよ、仕事」

「嘘こけ」

「ほんとうだっつーの。今、一緒にいるのはいっつも仕事を一緒にしているCさんだよ。ほら、うちにたまにくる」

　替われ、というので電話を替わる。Cさんが「仕事ですよ」といってくれる。また、電話を替わる。

「ならいい」と息子がいう。

「ならいい。オレはもう寝るから」

「鍵かけて寝てね」

ベビーシッターに「ご苦労さまでした」と挨拶をし、もう帰っていい旨を告げた。

そして、Cさんと別れ、タクシーに乗ったのだが、どうしても独りでもう1杯だけ飲みにいきたい気分になった。

ちょっとだけ……ちょっとだけ。

家の近くのスナックに寄って、また1杯だけのつもりが、気づくと午前2時になっていた。

息子が起きてくると面倒くさいので、なるたけそっと鍵を開ける。足音を立てないようにしてリビングに向かう。

真っ暗なリビング、テレビ画面だけがついていた。画面はゲームになっている。

ドサッと音がした。息子が床に倒れ込んだ音だ。

「なにしてんの！」

とあたしが怒鳴ると、わざとらしく上半身を起こし目を擦りながら、

「ん？　寝てた」

と答えた。

「嘘つけ、ゲームしてたんでしょうが」

「D（ベビーシッターの名）が帰ってから、すぐに寝た。寝る前にちょっとだけゲームをし

たんだけど、そのまま寝てしまったようだ」

嘘だろう。あたしがそういうと、逆ギレした。

「おまえだって仕事だって嘘ついて、酒飲んで遊んできたんじゃねーかよ」

ま、そうだな。返す言葉が見つからん。

もう寝るか、とお互いにお互いの部屋へ向かった。

そして、今朝。

深酒した次の日は、目覚まし時計の音で起きられない。いや、1回起きて、目覚まし時計の音を切ってしまっていた。

時計の針は、そんなあたしに勝ったとでもいうのか、Vサインを送っている。午前11時5分だ。

あたしは慌てて息子を起こしにいった。

「あんた、大変だよ。もう11時だよ。塾はじまってるよ」

やべぇ、という表情の息子。ベッドの上でジタバタしている。

親であるあたしのほうが先に冷静になった。

「もうちょっとで塾もお昼休憩になるから、お昼食べてからいけば。お弁当、作ってないしさ」

「だよな」と息子。

顔を見合わせて、二人しておなじ言葉をつぶやいてしまった。

「明日は……」

親子なんだよな、紛れもなく。こんな親のもとに生まれてきたのも、本人の運ですから。

小6　8月

ロンドンオリンピックが開催されたが、我が家はぜんぜんテレビをつけられない。

来年受験生である、小学6年生の息子の勉強が忙しくて。

朝から塾にゆき、夕方に帰ってくる。夕食を食べ風呂に入って、その日のうちにやれと塾の先生から命じられた宿題をする。

そうするともう寝る時間なんだよね。

ロンドンオリンピックは深夜にやっている競技が多く、ものすごく観たい気持ちになるが、我慢しなきゃならない。翌日、絶対に起きられなくなる。

夜の10時。机の電気を消して息子がつぶやいた。

「あーあ、今日もぜんぜんオリンピック観られなかった」

なんだか可哀想になってきて、あたしはいった。

「ちょっとだけ観ちゃう？　頑張っている選手を観たら、自分も頑張ろうって気持ちになるかもしれないしさ」

「それ、本気でいってる？」

「なんで？」

「あんた、ほんとうに駄目な親だな」

なんでも塾の先生に、口を酸っぱくしていわれてきたらしい。今年のオリンピックをのんびり観戦しているようなやつは、第1志望校に絶対に落ちると。親が観ていても、自分は観るなといわれたみたいだ。

ようするに、規則正しい生活の中で勉強しろということだ。6年最後の夏休みは。んじゃ、あたしも我慢するしかないか。

けれど、翌日の新聞で結果だけ見ても、おもしろくないのがオリンピックだ。

悔しいので、我が家も独自にオリンピックモードを取り入れることにした。

息子が塾から帰宅すると、監督であるあたしが待っている。ストップウオッチ片手に、問題を解かせる。

「計算問題、昨日よりも解く時間が短くなってる！」

などとやるわけだ。

漢字はハードルとおなじ。10問、問題を与えて、8問間違っていたら失格。

「自分の限界を超えろ！」

「よっしゃ自己ベスト、超えた！」

などといって、選手に見立てた息子の隣で騒ぐわけである。

お風呂に水を張って、『プール』と呼ぶことにした。1時間、勉強したら、プールに浸かる。

あたしはタオルを片手に、お風呂のドアを半分開けて、その間も息子に話しかける。メンタルトレーニングだ。

「おまえなら出来る！」

「世界の壁は厚いぞ！」

「気持ちで負けるな！」

息子は嫌がるかなぁと思ったが、意外にもノリノリである。

計算問題を解きながらスポーツドリンクを飲み、難しい問題が解けるとガッツポーズをしたりなんかしている。

塾に出かける前には、

「凱旋にいってくる」

テストに出かける前は、

「最低でもメダルは2つ！」（算数、国語、理科、社会、4教科あるので、どれかは満足な

点数を取ってくるということだろう）

なんていって、出かけてゆく。

おっしっ、やる気満々だな。あたしは息子の塾へ持っていくタオルすべてに赤い文字で『合格』の刺繍を入れた。

『合格』でいいんだよな。気分は『優勝』か日本の国旗なんだけど。

夏休みはこのまま突っ走るつもり。

夏休みの結果が出る、9月頭に大きな模試がある。終わったら、親子二人で『君が代』を大声で歌おうか。勝利したらなんだけど。

ちなみに、あたしら親子二人の勝利とは、全国模試のトップクラスで名前が張りだされるとかではない。

夏休み前より、少しでも成績が上がったら勝利。具体的にいえば、偏差値が2上がったら勝利。志望校に未だ偏差値2、届いていないので。

日の丸を背負って、ロンドンに出かけている人たちはすごいなぁと改めて思う。結果はどうであれ、選ばれて、もうそこにいけているだけですごい。

みんな、悔いが残らないような満足な戦いをしてきてほしい。

テレビを観て応援できないけど、心の中で強くそう願う。

あたしたち親子も、来年、冷やかしでなく、第1志望校の試験を受けたい。

出来れば金（良い点で合格）、そうでなくても銀（普通に合格）、いいや、銅（補欠で合格）でもいいや。

ううん、違う。頑張って試験会場にいくことが大切なんだ。悔いが残らないような戦いをすることが。

小6　9月

息子は塾の最後のクラス分けテストで、まさかのクラス落ちとなった。

夏休みは息子なりに頑張っていたように思うが、ほかの子が息子以上に頑張ったということなんだろう。

それから、さっぱりやる気が起きなくなったみたいだ。息子は『悔しい！』と感じて立ち上がる子ではなかった。最後のテストでしくじって、もうなにもかも放り投げたい気分なんだろう。

このことについて、あたしは説教をするのをやめた。

息子の態度にがっかりしてしまって、説教する気も起きない。

説教するにも体力がいる。あたしはもう疲れた。

諦めが早い、すぐに疲れる、というところは、ほんとうに似た者親子だなぁと思う。

似ているからこそ、最近、心の底から息子を憎いと思うことがある。

反抗期の息子はなにもかもあたしに楯つくと決めているようで、それは構わないのだが、喧嘩になればお互いにお互いと似ているからこそ、あたしのいちばん痛いところを的確に突いてくる。

　あたしがいちばん傷つくことは、宝物である息子の不幸と直結することだ。自分が嫌な目に遭うより、辛い。

　息子はそこを狙って、あたしに嫌がらせをしているとしか思えない。

　あたしは息子に勉強をしろという。

　お友達と仲良くしろという。

　先生と上手くやれという。

　好き嫌いせず、ご飯を食べろという。

　すべて、そうしたほうが息子のためになるからだと考えて。

　反抗期の息子は、勉強をしない、些細なことでお友達と揉める、先生を怒らせる、栄養バランスの取れたご飯を用意しておいても、それは残し、コンビニへいってジャンクフードを買ってくる。

　ほんとうに嫌な気分になる。大袈裟に、この子はあたしを苦しめるために生まれてきたんじゃないかと思うこともある。

先日、ついに耐えきれなくなって、息子にそういってしまった。

「おまえはあたしに嫌がらせをするために生まれてきたんじゃないの」かと。

派手にいい返されると思ったが、息子はしくしくと泣き出した。

「そんなんじゃない。そんなんじゃないけど、そんな風にしちゃうんだよ」

ひょっとして、息子は自分の今置かれている辛い立場をわかってほしくて、わざとあたしに嫌な態度を取っているのかもしれない、と思った。

体ばかり大きくても、まだ12歳の子どもだ。あたしのお腹から出てきて12年しか経っていない。

自分が今辛いと上手く言葉で表現出来ないから、あたしにも辛いことを強いるのか。

なにが辛いのか？　やはり、受験勉強か。

あたしは息子に訊ねた。

「勉強、辛いの？」

息子は首を左右に振った。

「じゃあ、なにが辛いの？」

「競争」

そうぽつりと息子がこぼした。

あたしは少し考えて、「競争やめてみる？」といった。

「受験やめるってこと？」と息子。

「うん」と返事するあたし。

「それは……いきたい学校もあるし。あ、わかった。オレ、負ける競争が嫌いなんだ。そうだよ、そうだ」

「……。」

誰だって、あたしだって、負ける競争なんて嫌いだ。馬鹿な男。

「勝つために頑張ろうと思わないわけ？」

あたしがそう訊ねると、息子は真面目な顔をして答えた。

「頑張ったって負けるかもしれないだろう」

「でも、頑張らなきゃ絶対に勝てないだろうよ」

「それがなぁ、それが辛いんだ、うん」

このクズめ。結局、努力するのが嫌いってことなのか。

そんなところまで、母であるあたしに似ていやがる。まるで鏡を見ているように、嫌なところがそっくりだ。

だから息子というのは、憎くて、憎くて、愛おしい。

息子を思い切り抱きしめた。恥ずかしくて、そうされるのが嫌だって知っているから。
「なにするんだ、やめろ」と身をよじって嫌がってる。やめてやらない、しばらくは。

9月21日付のアメリカの新聞ワシントン・ポストに、『日本は「緩やかだが、かなりの右傾化」をはじめているらしい』と書かれた。『周辺地域でも行動は「第二次大戦後、最も対決的」になっている』とまで書かれたらしい。

どこの国でも、ナショナリズムを煽ることで、一定の層の国民から支持される政治家がいる。

ワシントン・ポストは、今の日本の動きを、『二十年にわたる経済停滞の下で「失われた影響力を回復すべきだという感覚」が日本国内で広がっている』と分析したみたいだ。

そりゃあ、この国で生まれ、この国で育った人間ならば、この国に対する愛情はある。以前の日本のように……という気持ちは誰もが抱いておかしくない。

けど、その方法について、考え方が違うと非国民扱いされる今の世の中ってどうなのか。

領土問題について、週刊誌に少しだけ自分の意見を書いたら、一部の方々からさんざんな言われ方だった。

あたしだって愛国心はある。どちらかというと、強いほうだ。

あたしを非国民扱いしたみなさんとは、『じゃあ、どうするか』ということで考え方が違うだけ。

軍事力の強化が、あたしは以前の強い日本になることだとは思わない。金（税金）の使い方はそこじゃないと思う。

今の日本は、生まれたときから使う者と使われる者がわかれてしまうような感じだ。

この問題、親の経済力と子どもの学力の関係を、お茶の水女子大学教育学部の耳塚寛明教授という方が調べている。

小学6年生約1200人とその保護者を対象に、親の経済力と子どもの学力を調査したという。

するとはっきりと、今の日本では、所得格差が教育格差を生み、学歴格差が所得格差を生み、教育格差が学歴格差を生むことがわかった。

OECDの調査で、この国の教育への公財政支出は、国内総生産比3・3％で、加盟国30カ国の中で最下位だったこともわかった（2008年度）。

この国は子どもの教育にはぜんぜん金をかけたくないのだ。

どうして？　これからのこの国のあり方として『強い日本』という言葉を好んで使う人たちがいるが、20年くらい前、この国がほかの国に対して影響力があったのは、経済的に強かったからだ。世界と競争しても勝てる、頭の良い人間がいたからじゃないか。

この国の頭の良い人間（財産）をたくさん作りたいという考えにおいて、生まれた場所によって使う者と使われる者とにわけられてしまう、今の世の中では効率が悪すぎる。誰もが等しく教育を受けられるようになれば、ダイヤの原石がごろごろ見つかるようにならないか。

ただし、正義はひとつじゃないこともわかっている。あたしの考えはそうであるけど、違う人もいることは理解しているつもりだ。

だけど、あたしの考える正義は、この国の財産は子ども、というものなので、その考えに則って行動している。

長引く不景気で収入は減ったが、貧しくて進学できない子どもたちへの寄付はつづけているし、ほかの生活費を削っても自分の子の教育費は惜しまない。

領土問題で非国民とあたしを責め立てた人は、自分の正義に則って、どういう行動をしているのか知りたい。

まさか、考え方の違う人間を責めることが……というわけではあるまいな。

田中真紀子文部科学大臣が、来春できる予定の大学の設置を「不認可とする」といったことで一騒動起きた。

結局、田中大臣はこの三大学を認可することになったのだが、集まってきた記者団に、

「逆にいい宣伝になって（今回取り上げられた三大学は）4、5年間はブームになるかもしれない」

などと語って騒動に火をつけた。

まあ、この発言に関しては、大学側からすれば余計なお世話。負け犬の遠吠えのように感じる人も多いだろう。

でも、真紀子さんは、

「大学が多すぎ、質が低下している」

ともいっていて、その部分だけには頷いた人もいたんではないか。あたしはそうだ。

真紀子さんのやり方は、絶対におかしかったけど。質の低下した大学が多いといっても、今回あげられた大学はまだ開校していなかった。良いか悪いか、誰にもわからないわけで。

しかし、真紀子さんの大学認可問題が新聞やテレビ等で取り上げられ、いまさらながら大学の質の低下に驚いた。

１９９１年の大学設置規制緩和により、大学は増えに増えたみたいだ。子どもの数は少なくなっているのに。

私立大学の半分が定員に満たない現状であるという。

日本の大学生の学力が下がっていることも、問題とされていた。なにしろ、子どもの半分以上が大学にすすんでいるのだからね。

大学は子どもを少しでも入れようと、就職率を上げようと必死だ。そのため、資格をやたらに取らせたりする大学もあるそうだ。それが悪いとはいわない。けど、それは大学ですることだろうかと思う。

たしかに、あたしの親世代（70歳オーバー）の感覚では、大学に入ることがステータスになっている。

去年の母の葬式に、ホストのようなチャラチャラした格好の甥っ子がきていた。母の妹は、その甥っ子を指差して、

「ああ見えても、大学に通ってるからインテリなのよ」

と話していて、あたしは笑い転げそうになった。

甥っ子はその地域に住んでいなければ、誰も名前を知らないような大学に通っている。本人が、その名を決していいたがらない。

もうひとり別の甥っ子もきていて、こちらは高校を卒業してから働いていた。長くつき合っている娘がいるそうで、近く結婚したいといっていた。

どちらも20歳を超えている。どちらが完成形に近い大人だろうか。

勉強嫌いが大学にいくのは、子どもである時間をただ引き延ばしているだけのように思う。それがほんとうに子どもにとって良いことなんだろうか、あたしは疑問だ。

親はいつか死ぬ。親の金もいつかは尽きる。ずっと子どもでいられる人間なんて、ごく一部、ほんの一握り。

……と、たいそうなことを話しているあたしも、じつは息子に「(勉強ができなかったとして)どうしても大学に入りたい」といわれたら、いかせないという自信はなかったりするから怖い。

勉強はしないよりは、したほうがいい。

子どもはどうしても大学に入りたいいい訳として、『みんなが入るから』とか、『働きたくないから』とは、絶対にいわないだろうしな。

ようやくやる気になったのね、と涙ぐんでしまうかも。そういう親は、底辺大学の良いカモになる。

自分の親世代より貯蓄をしている人間は、あたしの世代では少ないはずだが、しかし自分も親になれば、子どもが大学に通いたいというなら、無理をしてしまう人は多いと思う。そういう泣ける親心に胡座をかいた大学は、むしろないほうが世のためなんじゃ……。

そうそう、大学にはあたしたちの血税が流れている。官僚たちの天下り先にもなっている。

小6　12月

田舎に住んでいる叔母から電話がかかってきたのは、夜の10時だった。1週間前にりんごや魚が送られてきたので、2日前に東京の菓子を送った。それが届いた、という連絡だった。しかし、話はぜんぜん別の方向へ流れてゆく。

「ユウタは?」

と息子のことを訊ねられたので、

「まだ塾から帰ってきていない。受験まであとちょっとだからね」

とあたしは答えた。

中学受験の本番まで、あと40日程度。塾は夜の9時半に終わるのだが、それから息子は1時間くらい残って志望校の過去問の直しをやってくる。家で解いたもので、わからなかった問題を先生に聞いてくるのだ。

塾は5時からだから、すでに4時間も勉強をしている。それから自主的に勉強をつづける子も、それにつき合う先生もすごい、とあたしは思う。

「にしてもさ……」

叔母はため息をつくと、まくし立てるように話し出した。

「だから最近の子どもって変なのよ。どう考えてもおかしいでしょ、こんな遅くまで勉強しているなんて。普通じゃない。心の曲がった子になるよ」

こういうことをいい出す人は、少なくない。オリンピックに出場する選手などは、『子どもの頃からひとつのことに頑張っていて偉い』って評価なのにね。

ご心配なく、息子はすくすくと健全に成長しています。

叔母のいう心の正常な子とは、20歳をすぎた社会人なのに、当たり前のように叔母のお金で遊びにいったりする子なんだろうか。叔母のお気に入りの甥や姪はそんなのが多い。

でも、それは叔母にとって都合の良い子であって、あたしには良い子には思えない。

息子は中学から寮のある学校へ入ることを希望しているが、もちろんそれには親のあたしの意見がかなり入っている。

しかし、あたしは意見をいう際に、自分のことは考えなかった。あくまで息子の将来について考えた。

ずっと手元で育ててきた息子と離れて暮らすことは、寂しいに決まってる。しかし、いろいろ考えた結果、それがいちばん息子のためになると思った。

人はいつから大人といわれ、独りで立って生きていかなきゃならないんだろうか。

明確な境界線はない。

が、明確な境界線はないものの、いずれ誰にでもそのときはやってくる。

頼れる親はいなくなるし、今度は自分が頼られる側にならなければいけないのだから。

ならあたしは、そのときのための訓練は、なるたけ早いほうがその子のためであると考える。

訓練というか、独りで立つという自覚を芽生えさせるのは。

自転車と一緒だ。

うちはかなり早く息子の乗りものを、三輪車から自転車・補助輪つきに代えた。自転車の補助輪を取ったのも早かった。

親の判断で、そのときを決めた。そして、誰よりもそのことを喜んだのは息子だった。

三輪車より自転車・補助輪つき、自転車・補助輪つきより補助輪なし、息子の行動範囲は広がってゆく。

それは、親であるあたしから遠ざかっていくということでもある。

けれど、あたしと息子の繋がりが、切れるということではない。

三輪車に乗っていたときは、公園の端っこまで勝手にすすんでゆく息子を目で追っていたし、補助輪つきの自転車に乗っていたときは、近所の人たちに聞いてどの範囲まで行動を広げているのか確認した。

自転車の補助輪を取る練習をしたときは、息子は何度も転んだ。あたしは頭を守るヘルメットを与えただけ。転ぶ息子を、ただ眺めていた。

自転車に乗れるようになった息子は、あたしの目の届かない遠くまで友達と出かけているらしい。

それでもきっと、あたしと息子は繋がっている。信頼という気持ちで。

来年、息子は中学生になる。志望している中学校はすべてあたしの住む東京から飛行機に乗らないといけない場所にある。

離れれば離れるほど、あたしたち親子の信頼という気持ちが試される。

もっともっと試したい、とあたしは思う。

たとえば、息子とあたしが違う方向を向いて走り出す。疲れて戻る場所も違う。今の一方的に頼る頼られる親子のものとは違う、その上の人間としての信頼関係を息子との間に築くのが、親としてのあたしの願いなのだから。

小6　1月

あと3日で息子の中学受験、本番の日がやってくる。受かるだろうか、落ちるだろうか。とにかく、3年間頑張ってきたことの結果が出る。

息子はようやくスイッチが入ったみたいで、大晦日あたりから必死こいて勉強している。それが夏あたりからだったら、こんなに不安な気持ちで試験の日を待つなんてことにならなかったかもしれない。

遅いよ。ま、しかし、それが息子の個性なのかも。

ぎりぎりになって、焦りはじめているのがわかる。息子の体から、目に見えないイライラの刺のようなオーラが出ていて、近寄るとこっちも怪我をしてしまいそうだ。

夜、きちんと寝ていないからか。

本番の試験の開始時間を考えて、朝5時に起こし、夜9時半に寝かすようにした。息子にそうしてくれと頼まれた。

あたしが仕事で起きていると眠れないらしく、9時半には家の中の灯りを全部消す。おかげで、朝の4時起きで原稿を書かなきゃならない。が、もうしばらくの辛抱だ。

けれど、そこまでしているのに、息子は早く眠ることができていないみたい。朝起こしにいくと、iPhoneとヘッドホンが枕元に置かれている。瞼が重そうだ。

音楽でも聞いていたの？　眠れないなら勉強すればいいのに。

でも、あたしはなにもいわない。

ここまできたら、もう説教はするまいと決めている。

試験を受けるのも息子、受かった学校に通うのも息子。あたしが説教して、どうにかなる時期は終わったような気がする。

足のサイズも、体重も、とうにあたしを超えた息子。身長もそろそろ超されそうだ。

中学受験の勉強において、知識も完全に超されたしな。体力は向こうが完全に上だ。

これから先は、自分の頭で考え、自分の好きな方向に歩いていけばいい。そこで受ける評価も失敗も、全部おまえのものだ。

どうにもならない出来事が起こったときだけ、乞われたら、あたしはアドバイスをあげる。

経験値だけだもの、母親であるあたしが息子より勝っているのは。

今回の中学受験が親離れ・子離れの良いきっかけになると信じている。

そう考えているから、息子を試験会場に送り出すときの言葉に迷ってしまう。我が家では、それは親離れ・子離れのはじめの言葉になるからだ。

ここ2、3日ずっとどうしようか悩んでいるが、決まった！　という言葉が見つからない。

「頑張ってね」

が普通なのだと思うけど、その言葉によって本人がプレッシャーを感じるかもしれないし、なにより親離れ・子離れは、頑張る必要のないもっと自然なことだととらえたい。

受験のことが書かれている本に、良い言葉の例として、

「練習のつもりで」

というのがあった。

けど、うちは試験会場へ送り出す言葉の意味以上に、親離れ・子離れの意味のほうが強いから、ちょっと違う気がする。

人生は一度限り。だとしたら、すべての物事をいつも本番だと思って真剣勝負で臨むのが正しい。そっちのほうが楽しい人生だ。

仮に失敗しても、少し反省し、すぐ立ち上がればいいだけの話。

それに、うちは練習（模試）の成績のアップダウンが激しかったしな。

受験のことが書かれてある本には、あがっている子にかける言葉として、

「オリンピックの選手は10秒で4年間頑張ってきたことのすべてが決まる。あなたの場合は4時間（試験）。オリンピックの選手のことを思えば、怖くない」

というのもあった。

たらたら受験勉強をしてきた息子と、オリンピックの選手を比べるのはおこがましいだろう。親離れ・子離れのはじめの言葉としてもおかしい。あたしは、今回の受験を、受かっても落ちても、彼のはじまりと考えているのだ。

怖いのは当たり前。怖いと感じないほうが変。いいよ、怖くても。そのとき、うんと怖いと思ったことも、あとから考えれば良い思い出となるだろう。

なんて声をかけるか。やっぱり、

「じゃあね」

とあっさりいくか。

「じゃあな」

そう息子は返してくるはずだ。

あたしたち親子の新しい門出は、そんな感じがいいのかも。すっごく自然で、ちょっと寂しくて。

小6　2月

息子の中学受験が終わった。

3年間、塾に通っての勉強期間は、辛く、永遠に終わらないかのように思えた。が、実際の入試期間に入ってしまうと、あっという間だ。

親であるあたしは、入試直前がいちばん精神的にきつかったかな。

息子を信用していないわけではないが、試験は水物、なぜかどの学校も落ちてしまうような気がした。

息子は全国の寮のある学校志望だ。あたしたち親子は、北は北海道から南は九州まで、受験の予定を組んでいた。

受け入れてくれる学校が見つかるまで、親子で旅をする。さぞ苦しいに違いない。

それを考えると、あたしの顔はめんちょうだらけになり、髪の毛は抜けて薄くなった。

夜はベッドに入っても熟睡できない。持病の自律神経失調症が出てきて、手の指が震えるようになった。どんなダイエットを試みても痩せなかったのに、３kgも痩せた。けれど、子どもは強い。試験の前の日も、夕食を食べるだけ食べて時間になったらぐっすり寝るのだ。

うちは1発目の試験が第2志望の学校からで、このときは前日から四国へ飛んだ。息子がステーキが食べたいといい、夕食は奮発してホテルの鉄板焼きにした。あたしはひと口しか食べられなかった。息子はあたしのぶんまでペロリと食べ、肉のおかわりまでした。

そして、ホテルの部屋に戻ると、あたしがシャワーを浴びている間に、息子は爆睡していた。もちろんその夜、あたしは眠れなかった。なんにも考えていないような息子の寝顔を見ていると、頼もしいような、首を絞めたいような気分になった。

翌日、息子を受験会場の学校へ送っていった。独りで待合室の椅子に座っていると、つぶやくようなお経が聞こえてきた。

声がするほうを見る。ひとつ間をあけて椅子に座っているお母さんが、固く目を閉じ、手を合わせ、つぶやいているのだった。

（ここはクリスチャンの学校なのに、お経でいいの？）

そう思ったが、それはもちろんいわない。どこのお母さんも、思いはおなじだ。

お互いの子どもが無事この学校に合格すればいい。このお母さんと一緒に入学式に参加したいと思った。

ひょっとすると、このときから、息子はこの学校に通うことになるかもしれない、そんな予感があったのかもしれない。

結果、第2志望は合格だった。おかげで、第1志望受験までの間、ほかの学校を受けずに済んだ。全国各地を飛びまわらなくていい。

受け入れてくれる学校を探す親子の旅は、あと1回、第1志望だけ。とにかくほっとした。

そして、第1志望校の受験。その学校は九州の南にあったが、東京より寒かった。

なにより息子の様子がおかしかった。肩に力が入りすぎている感じ。

競馬でゲートに入る前に、すでに興奮している馬がいる。そういう馬は駄目だ。なぜかあたしは、そんなことを思い出していた。

試験を終えて戻ってきた息子は、パンツを穿いていなかった。パンツについてるタグが気になって、お昼休みにトイレで脱いだらしい。

これは駄目だったかしら。そう思っていたら、ほんとうに駄目だった。

試験の結果はレタックスで送られてきた。息子は学校から帰ってきて、結果を見た。

そのときは泣かなかったが、夕飯の時間になると号泣した。

泣きながらご飯を口にかき込んでいる息子。可哀想とは思わなかった。愛しいと思った。息子が母であるあたしの前で号泣するのは、あたしと一緒にタッグを組んで受験というものに挑んだからだ。頑張ったのに駄目だった、そのことをいちばん良くわかっているのはあたしだから。

もしかしたらこの先、親子でなにかに夢中になることなんてないかもしれない。

「受験、楽しかったよね」

ふと、あたしの口からそんな言葉がこぼれた。息子は泣くのをやめて、あたしを見つめていた。黙っているので、あたしから訊ねた。

「あんたはどうだった？」

「……悔しい」

「悔しいだけ？」

「○○中学校（第2志望校の名）に受かったときは嬉しかった」

「人生なんてそんなもんよ。嬉しいことと悔しいことが交互にやってくるんだから。だから次、○○中学校に入ったら楽しいことが待ってるんじゃない？」

「そうかな？」

「そんなもん、そんなもん」

不安で、嬉しくって、悔しくって、涙が出て、こんな短期間に心が様々に動くことなんてあるだろうか。親子で受験という名の面白いジェットコースターに乗った感じだ。もう一度、乗りたいと思っても二度目はない。

小6　3月

中学校の制服採寸会にいってきた。

会場は学校の教室。窓側に置かれたポールハンガーにずらりと学ランが掛けられており、その前にメジャーを手にした数名の店員さんが立っていた。

あたしたち親子の相手をしてくれたのは、年配の男性で、ベテラン店員といった感じの方だった。

彼は息子をまじまじと見て、肩幅をさっとメジャーで測り、「この子は大きくなるね」といった。勧められた制服のサイズは180だった。

身長180cm用だ。

いくらなんでも大きすぎやしないか。

先月、あたしは息子に身長を抜かれた。あたしの身長は162cmなので、息子は少なくともそれ以上はあるということだ。しかし、180cmにはほど遠い。

学ランを羽織ると袖のところがだぶついて、キョンシーの着物みたいになっていた。

店員さんに、

「いくらなんでも……」

そう告げたが、息子はどうしても勧めてくれた１８０cmの学ランがいいという。

「オレ、大きくなるんだってさ。ぜってぇにこれにする。わかったか、これにする」

なんだ？　親に対してその口の利き方は。腹が立つ。

けれど、ここでいい返して、口喧嘩になるのは嫌だった。せっかく受かった私立の学校の集まりで、悪いことで目立ちたくなかった。

結局、プロの見立てなんだからと、店員さんが勧めてくれた１８０cmの学ランを購入した。

先週、その学ランが家に届いた。

学校に送る制服を着た写真が必要で、学ランを持って写真館へいった。

写真は胸から上のものでいい。ジャージの上だけ脱がせ、息子に学ランを羽織らせた。

１８０cmの学ランはまだまだ息子には大きかった。が、採寸会で着たときより、様になっている気がした。写真館の店員さんが、気を利かして背中をクリップで留めてくれたからだろうか。

「もしかして、制服採寸会のときより、あんた、大きくなってる？」

息子はニッコリ笑った。

その笑顔は50cmくらいの赤ん坊の頃と、あまり変わってないのにね。たったの13年間育てただけで、身長が1m以上伸びるなんてすごい。

「どこまで伸びるのかしら」

「さあね。あんたはもう超したし、すぐに爺ちゃんも超しそうだし」

そういえば、息子はあたしの身長を超したあたりから、あたしを『あんた』と呼ぶようになった。あたしが息子を『あんた』と呼ぶからだろうか。

これはあたしの出身の東北の方言であるが、息子が使うと酷く大人びて生意気に感じる。

「あんた、あたしのことといつからあんたって呼ぶようになった？」

「そんな……どうでもいいじゃん」

「学ラン着て、あんたなんて言葉を使われると、知らないお兄さんと会話しているみたい。嫌だなぁ」

あたしがそういうと、息子は急に真面目な顔になった。

「あんた、面倒くさい女だな」と息子。

「あんた、オレが大きくなると、すっごい喜ぶじゃん」

そうだっけ。そうかもしれない。あたしはこくりと頷いた。

「あんた、オレが乱暴な言葉遣いすると、これまた結構、喜ぶんだよ」

え？　それは違うんじゃ……。どちらかというと、腹を立てている。

息子がつづけた。

「そうだね。オレが自分のことを僕じゃなくて、オレっていい出したとき、『やだぁ、おまえが自分のことをオレっていうようになるなんてね』ってめちゃくちゃ喜んでた。そうだよ、だからオレ……」

とそこまでいって息子は黙った。

ひょっとして、息子はあたしを喜ばせるために、大きくなりたくて、大人びた生意気な態度をとりたかったのだろうか。

あたしなんかを喜ばせるために。ただそれだけのことで。じわっと涙腺が緩んでくるのがわかった。

あたしはそのことを誤魔化すために、息子の頭をガシガシ撫でた。息子が椅子から立ち上がる。それでもあたしは息子の頭をガシガシ撫でつづけた。

頭のある場所が、自分のイメージと違っていた。最後に息子の頭をガシガシ撫でたときは、たしか息子の頭はあたしの鼻くらいの位置だった。

息子は「やめろよぉ。やめろって」と身をよじって嫌がった。

写真館の店員さんに、「すみません、早く会計のほうに」と叱られた。

「ほら、周りの迷惑を考えろ！」

舌打ちし、息子にそういわれた。あまりの息子の生意気な態度に、店員さんは気の毒そうな表情であたしを見た。

あたしは心の中で叫んだ。

ええ、このクソ生意気な子どもが、あたしの息子です。自慢の息子です。

中1　5月

中学の寮に入った息子に、あたしはさっそく手紙を書いた。別々に住むようになったら、すぐにしてみようと思ったことだ。

以下はあたしが息子に書いた手紙。最後まで読んでほしかったので、多少、ゲーム好きな息子に合わせた内容にしてある。

＊　＊　＊

元気にしてる？

ママはおまえは大丈夫だと信じてる。

おまえには、どんな状況に置かれていても、生きていける強さと、賢さと、したたかさがある。

12年間おまえを見てきたママは、そうであると胸を張っていえる。

ママはおまえを、鉄砲や弓が飛んでくるような、危険な場所に置いてきたわけじゃない。
○○中学校は、おまえみたいな男の、味方の学校です。
これからおまえは大人になり、社会に出なきゃなりません。

社会に出れば、ほんとうに鉄砲や弓が方々から飛んでくる場所に、独りぼっちで出ていかなきゃなりません。

あ、鉄砲や弓、というのは言葉の比喩だから。

勝つためには手段を選ばないやつとか、基本的な道徳を一切無視するやつとか、意地悪ばかりするやつとか、そういう人間もいる、ということです。

もちろんママも社会人なので、自分のやりたいことをやるためには、そういう人間と戦いながら生きています。

もう血まみれの泥仕合って感じです。おまえは子どもだから、あんまりそういうところ見せてなかったけどね。

おまえが将来デカい男になろうと思うなら、社会に出たときママより攻撃を受けるはずだと考えなさい。

おまえは喧嘩が好きじゃないけど、自分が殺されないためには、戦わなきゃいけないこともある。

○○中学校は、そのときのための、防具や武器を授けてくれる学校です。
防具や武器があったら、血まみれの泥仕合は避けられるだろ？

先生が勉強しろ、といったらおまえは勉強をしなさい。

宿題はきちんと提出しろ、といったらおまえは宿題をきちんと提出しなさい。

寮のルールを守れ、といったらおまえは寮のルールを守りなさい。

6年後、おまえは知性と教養という立派な防具や武器を身につけた、強い男になっているはず。

知性と教養という最強の防具や武器は、お金で買えません。

おまえが努力して自分のものにするしかない。

厳しい学校の先生は、おまえという人間の力を、最大限に引きだしてくれるためのプロなのです。信用していいと思う。

最後に、おまえはすぐに調子に乗るようなところがあるよね。あたしはおまえのそういうところは嫌いじゃないし、どっちかっていうと大好きなところのひとつであるが、それはママがおまえという人間を深く知っていて、とても愛しているからそう感じるのかも。

学校にも寮にもたくさんの人間がいる。いろんな子どもたちがいる。

『しばらく、まわりを冷静に観察しなさい』

『冷静にまわりを観察し、自分の居心地の良い居場所を探しなさい』

ママはこれから何度も手紙を送ると思うけど、はじめのミッションはこの2つ。

いろんな人間がいるということは、いろんな個性が存在するということ。自分をさらけ出すな、とはいわない。

ただ、自分という個性を出したいなら、相手の個性を尊重すること。

それには、まわりを冷静に観察し、相手をまず知ること。

そして、自分の居心地の良い場所を見つけておくこと。

学校や寮での居心地の良い場所というのは、おまえという人間を理解してくれそうな友達や先生のいるところや、おまえを可愛がってくれそうな先輩や先生のいる部活、などがそうであるかもしれない。

これらは、これから先、とても重要なことです。

たとえば、いきなり戦場へ置いてきぼりにされる、なんてことがあったら、なにを考える？　たとえば、空港でいきなりテロ組織に出くわしたら、なにを考える？

やっぱ、まずこの2つでしょ。

現場の状況を読む。

自分の居場所の確保。

わかったか？

すっごく大事なことなんだから、このミッションはクリアしておくように。

……ただし、もう調子に乗って『やってしまった～。どうしよう』という感じになってしまっていても、焦るな！

なぁに、ゴールデンウィークのときに、それからどうするか、ママが良い作戦をたくさん練ってあげます。

愛してるよ、ものすごく。

＊　＊　＊

考えに考えて本音で書いた手紙だった。だが、考えすぎだったかな。

息子は今日で4日目だというパンツを穿いて、ゴールデンウィークに帰省した。真っ黒に日焼けして。

自分からお友達との面白い話を披露し、そのくせあたしに、

「ちまちました質問するなよ。面倒くさいから」とのたまった。

Column 03

この学校と出会えて

この学校を選んでくれた君、ありがとう。君がこの学校が大好きになるよう、私たちは6年間精一杯頑張ります——。

これは、息子の中学校の入寮式のとき、校長先生が述べられた言葉だ。

校長先生や寮長さんは、『君』と子どもたちに何度も呼びかけた。子どもたちに向かって話をされた。

あたしはめちゃめちゃ感動した。

自分と息子で、さんざん入学式や卒業式を経験してきた。ほとんどの教師が保護者や来賓に向けた話をする。

保護者ならまだしも、地域の議員に向けた挨拶なんて意味あるの？　教育委員会の上のほうの人に向けた話が必要？　と思ってきた。

だって、主役である生徒たちにとっては、あんまり関係ない人だ。

ほんとうに白ける。正直、入学式なんて堅苦しいだけで、つまんないものだと思っていた。

けれど、違うんだね。そういう学校もあるけれど、こういう学校もあるわけで。

息子をこの学校に入れて良かった、と心から思った。

息子は、地方の進学校にすすみ、その学校の寮に入った。

それは親子で、かなり悩んで、悩み尽くして、出した結論だった。

寮生活を送れば、今この国の多くの子どもにとても大切だと思われる『他者の中の自分』という考えが生まれると思った。いろんな考え方の人間を認め、その中で自分についても深く考えられるだろうと。

兄弟みたいな友達も出来ると聞いていたし。独りっ子の息子にとっては、これも良いことだろう。

だが、中学高校の6年間は長い。難しい思春期真っ盛りに、側で見守ってやれないのは不安だ。考えたくもないなにかが起ったとき、すぐに気づいてやれない。

親が考えたくもない最悪の結末は、子どもが死を選んでしまうことなんだと思う。こうして文字にして書くのも辛いぐらいだ。

親は子どもを生んで、いつの間にかたくさんの期待を子どもにかけてしまう。でも、ほんとうの望みは、子どもが幸せに生きていること、それだけじゃない？

あたしは寮生活が、息子がこれから生きていくための深い勉強になる気がした。

親であるあたしはいずれ死ぬ。息子が自分の力で幸せに生きていく、という基本のあ

Column 03

たしの望みに、適っている気がした。

しかし、寮生活が死にたいくらいの悩みとなってしまったら……。

息子の性格を考えれば、可能性は低い。12年間も育ててきたのだから、友達とどういう風に生活していくかも、目に見えるようにわかる。でも、可能性は絶対にゼロとはいえない。親としては悩ましいところだった。

けれど、入寮式・入学式を終え、不安は軽くなった。

先生方の話を聞いて、学校を信じてみよう、という気持ちがむくむくと湧いてきた。親も子もそう思えることがなにより大切だと思う。

さっそく、離れて暮らしている息子に手紙を送った。

『この学校の先生は、おまえという人間の力を、最大限に引き出してくれるためのプロのようにママには見えた。とりあえず、信用していいと思う』と。

とりあえず、という言葉を使ったのは、この先学校と揉めたとき、息子の気持ちのいき場がなくなってしまったらヤバいと考えたからだ。

息子のことになると、あたしはかなり心配性だ。

番外編

中学生ってヤツは

中1　6月

夕方の電話が少し怖い。息子が入った寮からじゃないかと思うからだ。

地方の、寮のある進学校に息子を入れて、3カ月。もう3回も寮長先生から、息子がした悪さの報告電話がかかってきた。

些細なことなんだけどね。たとえば、消灯後にお友達と懐中電灯の灯りでおしゃべりしてたとか、友達との喧嘩がちょっと大きくなってしまったとか、宿題を提出していないとか。

そのたび、あたしは息子に電話を入れる。というか、そのとき以外かけない。

「あんた、またやったんだって」と。

もちろん、それがいいたいわけじゃない。だてに12年間も一緒に暮らしていない。息子の動かし方をわかっているつもりだ。

そして、こうつづけた。

「そんなに学校と合わないの？　んじゃ、こっち帰ってくる？　なあに、あんたが頑張らなかったと、ママは思っていない。ほんとうの本気で、合わなかっただけでしょ。誰がなんといっても、ママはあんたのことを信じてるし。そういうことってあるさ。人生長いんだし、それであんたの負けとは思わない」

息子に電話をした日、たまたま女友達が家に遊びにきていて、あたしの息子へのいいっぷりに驚いていた。

「せっかく頑張っている息子に、なぜ心をくじくようなことをいうんだよ。息子のためを思えば、その学校にいるほうがいいわけじゃん。そういう甘やかしは良くないよ」

違います。うちの息子にはこのいい方がいちばん効くんです。

短い時間でちゃんと息子の心に届くように、考え尽くされた言葉なのだ。

たとえば、『帰ってこい』といわれ、『帰らない』と返すのが思春期真っ盛りのうちの息子だ。それに、こっちが『帰ってきたら?』といっているのだから、これから先、そこに残るのは自分の意思でということになる。これが大事。息子は自分で決めたことじゃないと全うしない。『なにがあってもおまえを信じる』といい切るのは、ほんとうに不味いことがあったとき、連絡をしてきやすいように。

問題を起こして、学校側から報告があっても息子から連絡がないのは、大したことじゃないからだ。むしろ、自分が悪いと思っていて、大したことにしてほしくない場合が多い。

けれど、今の世の中、それだけだといい切れない恐ろしさがある。だからあたしは『絶対におまえを信じる』といつもいっておく。

そして、『負け』という言葉も取り入れてみる。あたしは『負けだと思わない』といっている。が、『負けかも』と感じるのが息子。息子は女のあたしの想像以上に、勝ち負けにすっごくこだわる。

逆に、息子がほんとうに駄目だったとき、負けたという意識をどれだけ薄めさせることが出来るかが母親の腕なんだと思う。負けたという気分をずるずる引きずらせないように。

案の定、女友達の心配を他所に、息子は、

「べつにそんな大袈裟なことじゃねぇよ」

といってきた。あたしは、「そうなの。へえ」とさりげなく答えた。

「オレ、忙しいから電話切るよ」

「あ、あのさ。あんた、賢いんだから、もっと上手くやりなね」

「はいはい」

通話が切れた。ぎりぎりで差し込んだ言葉も、息子の心にちゃんと届いているといい。

あたしは息子に頑張ってほしいと思うが、『頑張れ』という励まし方はしないようにしている。

寮にはたくさんの子がいる。自分が通らないこともままあるはずだ。

『頑張れ』というのは、自分を押し殺し堪えろといっているみたいで厭だ。

『上手くやれ』というのは、もっとポジティブに今の生活も楽しんだら、というあたしの願いが込められている。

しばらく馬鹿みたいに電話を眺めていたら、女友達に、

「なによう。しみじみしちゃってさ」

といわれた。

「しみじみしているわけじゃない。短い時間でちゃんとあたしの気持ちが伝わったか、確認してんの、今」

「はあ？　だったらもう1回、電話したらいいじゃない？」

「それじゃ、ものすごく重たい話になっちゃうじゃない？」

「だって、心配なんでしょ」

「心配していると悟られたくないの、あたしは」

だから、電話はたまにしかかけない。そして短く終わらせる。そのために、それ以外の時間、いっぱいいっぱい息子のことを考えている。

正直に告白しよう。息子を中学から地方の寮のある学校に入れ、親子が離れ離れに暮らすことになり、参っているのは息子じゃなくてあたしだ。

寂しいのだ。とても。

夜になると、独りぼっちで酒を飲みながら、息子の写真ばかり眺めている。

昨晩、見ていたのは先月撮った写真。息子の文化祭にいったときの。

カメラを向けられた息子は、わざと変な顔ばかりした。親に注目されるのが、恥ずかしい年頃なのだ。

息子は男友達とふざけてじゃれ合ってばかりいた。そこに母親が、入り込む余地はなかった。

文化祭、息子が校内を案内してくれるはずもなく、お母さん友達3人でまわった。お母さんの相手をしてくれないそれぞれの息子の、あたしたちはストーカーだった。

どのお母さんも、学校にいる自然な様子の息子が見たい、と思っていた。あたしたちは息子たちに見つからないよう、息子たちをつけまわした。写真もたくさん隠れて撮った。

夜は一緒にご飯を食べながら、それぞれの息子の話に花が咲いた。息子たちは寮にいるので、お母さんは暇だったのだ。酒も飲んだ。

みんな深く自分の息子を愛しているのに、みんな自分の息子をこき下ろして悪口をいった。あたしも息子を『あのバカ』呼ばわりした。

深夜0時をまわる頃、一人のお母さんが、

「あの子、今なにやっているかしら」

と、ふとつぶやいた。そのつぶやきにみんなで反応し、笑った。

「なにしてるかって、もう寝てるに決まってるじゃん」

「寮は就寝時間がきちんと決められているんですからね」

口々にそういって。

でも、笑ったあと、やけにその場がしんみりした。きっと、それぞれの母親は、それぞれの息子の寝顔を想像していた。あたしはそうだった。

グローブや教科書、漫画、脱いでそのままの洋服。いろんなものがぐじゃぐじゃに散乱している息子のベッド。その上で大の字に横になっている息子。

布団は蹴飛ばして、足下にある。額に少し寝汗をかき、口は半開きになっていて……。そこまで見えた。

なんとなく場がしんみりしたので、お母さんの会はお開きになった。

あたしは独りでホテルに帰り、ベッドの中で考えた。

世の中の息子の母親が、すべてあたしのような人間であったとしたら、あたしはその母親に対し、なんて失礼なことをしてしまったんだろうと。

以前につき合った男たちのことを思い出した。会社をすぐ辞める男、ギャンブル狂、嘘つき、仕事が出来なくいじける男、嫉妬深くねちねちしている男、下半身が異常にだらしないやつ、プライドが高すぎて友達さえいないやつ。

全員、厭なところばかりが鼻につき、途中でつき合っていくのが面倒くさくなってしまった。ただ別れるだけならまだしも、詰《なじ》って、罵った。

我が儘、自己中、欲張り……、あたしにだって悪いところはいっぱいあるのに。

それにどの男にも、母親はいたはずだ。母親は自分が罵られるより、息子が罵られるほうが切ないに違いない。

罵った場面を見せたわけじゃないけど、あなたの宝物に対し、なんて失礼なことをしてしまったのか、すまなかった、と今ならば思う。

母親は彼女であるあたしに対し、もっと優しい目で息子を見てほしかったに違いない。悪いところばかりじゃなく、良いところも探してほしかったに違いない。

自分がそうしたいけれど、自分の出番は終わったから。大きくなった息子は、母親と距離を置こうとする。寂しい。

ま、過去のことを反省してももう取り返しはつかない。

これから先、息子に彼女が出来て、その彼女に息子が見限られるようなことがあっても、

(自分も男に対しては厳しかったんだから、まあ、そんなもんよね)

そう、あっさりいきたいものだ。

願わくば息子が選んでくる女性は、息子のことを『あのバカ』とこき下ろしながらも、深い愛情で包んでくれる人がいい。母親のように。

と、ここまで書いて思い出した。男と別れるとき、

「あたしは、あんたのお母さんじゃないんだからね」

そんな捨て台詞、何度もいった気がする。思い出した、思い出した。

世の中の息子に対するすべてのお母さんの愛情が、悪いほうにこじらせず、いずれなにか素敵な形で報われますように！

初任給で財布をプレゼントされるとか。そのくらいでいいから。

息子を寮のある地方の中学校に入れて、8カ月が経った。

わざわざ寮のある学校を探して入れたのは、規則正しい生活をし、他者の中での自分というものを学んでほしかったからだった。

人間は独りでは生きてはいけない。どんな状況に置かれても、多くの人たちとのつき合いの中から、自分の居心地の良い場所を探しだせる男になってほしかった。

あたしのこの思いは変わってはいない。独りっ子の息子に対し、良い選択をしたと思っている。

個性の強い息子が、決められた枠組みの中で生活するのは、かなり大変なことだとわかっていたつもりだったけど。だからこそ、大人になりきる前にどうしても息子には必要な教育だと考えていた。

しかし、学校に入ってまだ8カ月。休日に寮の独房に閉じ込められ外出禁止になる『外禁』を4度もくらい、その上、今度は、いったん寮を出るという儀式を踏まないと寮に戻れない『停寮』という『外禁』のさらに上の処罰が下ることになった。

『停寮』の日は、親も学校に呼びだされる。その日は親と一緒にホテルに泊まり、親子で深く反省して、翌日その旨を学校に報告するのだとか。

それにしても、なぜこんなに学校に馴染めないのか。なにがあったのか。

親であるあたしはきちんと理解しておかねばなるまい。学校に呼び出される前の週の連休に、息子に帰省するよう命じた。

家に戻ってきた息子に、落胆している様子は見えなかった。『停寮』の理由はお友達とのやりすぎた喧嘩だったが、本人曰く、

「もう謝ったからさ」

つまり、友達同士ではもう解決しているみたいなのだが（いや、謝っただけなのかも）、こう何度もじゃ、学校が納得しないのだろう。あたしに連絡をしてきた先生が、

「反省が見られないんです」

そう何度もいっていたのが、印象的だった。

あの男、謝ったその後、気持ちを切り替えすぐゲラゲラ笑ったりしてるんだろう。その翌日、カラオケをしに遊びにいっていたようだし。

息子のことを考えて叱ってくれる人ほど、それをやられると馬鹿にされているようで心底腹が立つ。あたしがそうだから、わかる。

あたしは息子にいった。

「おまえはどうしたいの？」

「オレは『停寮』で許してもらって、学校に戻りたいの」

「バカッ！『停寮』の次は、有無をいわさず『退寮』なんだよ」

「そうならないように、心を入れ替えて頑張るよ」

「それが出来るやつは、こう何度も処罰をくらわないだろ。おまえ、ちゃんと反省してんの？」

「してるさ。今度のことはあんたも学校に出ていかなきゃならないから、ものすげぇ悪いと思ってるし」

「あたしはおまえの親なんだから、おまえのためなら何度だって頭を下げてやる。そういうことじゃなくて、お友達にしてしまったことを反省してるのか。謝ったからそれで終わり、というのはおまえだけの理屈だろ」

「二度とおなじことはやらないと誓う」

「それは当たり前。それだけじゃ駄目なんだ。おまえは今、ものすごく追いつめられた所にいる。いったん、ここらでおまえの反省をみなさんにきちんと見ていただかないと」

「反省を見せる？　反省って見せるものなのか」

「そうだ」

あたしは翌日、息子を散髪屋に連れていった。そして、息子にいった。

「おまえ、坊主になれ」

「は？　嫌だよ」

「嫌だからする意味があるんだろ。反省した男は坊主頭になるんだよ」

息子は逃げ出した。しかし、捕まえて延々と説得し、翌朝また散髪屋に連れていった。

今度は息子は観念したようで、大人しく坊主頭になった。

それから家に帰り、反省のポーズを教えた。椅子に座り、手は拳にして膝の上、頭は下げたまま。そして、「二度とやりません」と何度も復唱させた。

今月末にある期末試験までは、小遣い停止。休日も遊びにいかず、独りで勉強することを約束させた。

まあ、最後の約束は守れないだろ。でも金がないから友達とはフラフラ遊びにいけないわけで、寂しがり屋のあいつは応えるだろう。

おまえ坊主になれ
は？
嫌だよ
反省した男は坊主になるんだよ
二度とやりません
反省

中１　12月

あと10日で、地方の寮のある中学に通っている息子が帰省する。息子の学校の冬休みは長く、１カ月もある。

うれしい。だが、息子のための飛行機のチケットを取った後、なぜだか何度もため息が出てきた。

２０１３年は慌ただしい1年だった。息子の受験があり、小学校の卒業式があり、中学の入学手続きがあり、入学式があり……。親のあたしは飛行機に乗って、授業参観や運動会、文化祭にも出席したっけ。

予定行事だけでもけっこうあったのに、あの男はぜんぜん予想外だった『停寮』騒ぎまで起こし、そのためにも何度、あたしは飛行機に乗っただろう。

その反対に、ゴールデンウィーク、夏休みと、長い休みのたび息子が帰ってくる。そして、今度は冬休みだ。

息子の休み中、あたしは気が抜けない。飛行機チケットを取って、矯正歯科の予約をして。あいつが帰ってきたらきたで、学校から出された大量の宿題の確認をして、毎日のご飯の献立を考えて作って。そうそう、地元の友達と遊びにいくのはいいけど、楽しくなると朝まで帰ってこないので、どこに泊まっているのかまでチェックしなきゃならない。

あたしはそういった業務が苦手だ。管理する側じゃなく、管理される側にいたい人間だもの。ゆるく管理されている中で、ある程度の自由があるのがいい。

たとえば、こうして原稿を書いているのは好きだ。締め切りが怖いなんて冗談をいうが、自分は締め切りがなければ絶対に1行も書けない人間だとわかっているので、実際は厭じゃない。

しかし、飛行機のチケットを取ったりするのが苦痛。ほかのお母さんならなんなくこなすであろう子どものスケジュール管理も、あたしにとっては恐ろしいことである。夏休みの飛行機は格安チケットを買ったにもかかわらず、間違えてしまい、キャンセルが利かず馬鹿高いものになったっけ。

まあ、息子だってあたしの元に張り切って帰ってくるわけではない。学校の決まりだからしぶしぶ帰ってくる。あいつが学校で叱られてばっかりいるのは、楽しみすぎて羽目を外しているからだ。

停寮騒ぎの２週間後、期末試験があった。「これからも学校にいたくば、試験で結果を出せ」とあたしはいった。「試験前の部活がない土曜日と日曜日は、外出せずに勉強しなさい」と。そういっても聞くような男じゃないから、小遣いを停止にしといた。

試験が終わった翌日の日曜日、あたしは寮に電話を入れた。門限時間の30分前のことである。

本物より、見た目も内面も母親らしい寮母さんが電話口に出た。

「まだ帰ってきてませんよ。今日は門限ギリギリになるっていって昼から出ていきました」

また門限を破ったりしないだろうか。こんなに優しい人を裏切ったりしないだろうか。あたしは心配になって訊ねた。

「あいつ、どこに遊びにいったんだろ。真面目にやってます？」

寮母さんは、うふふと笑った。

「きっと、今日は門限ギリギリに走って帰ってきますよ。なんでも今日はデートなんですって。停寮を心配してくれた女の子から、試験終わったらデートしようって誘われたんですって。あ、試験が終わったのでお小遣いを出しました」

小遣いが出たら、引きだしてすぐ遊びにいく。……いや、そこじゃない。

「デート!?」

あたしは突拍子もない声を上げてしまった。

「あいつ、ジャージしか持ってないはずなのに」とあたし。

「赤いジャージの上下で出かけました」と寮母さん。

あかん。赤いジャージの上下は勝負服にはならん。ブランド品アディダスであっても。冬休みに帰ってきたら、そういうことも教えなきゃ。ああ、面倒くさい。けど、ものすごく笑えた。寮のみんなにデートすることを自慢して、朝から坊主頭を撫でまわしていたようだ。

たくさんあたしを笑わせてくれる、あたしはあいつが大好きだ。面倒くさいけど。早く帰ってこーいっ。

中2　7月

中2の息子はソフトボール部に入っている。そして、今週末に地区大会に出ることになった。地区大会の後は、全国大会だ。もちろん、あたしは全試合を観にいくつもりでいる。息子の出る試合の観戦をする、これほどワクワクすることは滅多にない。

息子はピッチャー。球は速いが、コントロールは最悪の。

なんていうか、本人の性格そのものだよなぁと思う。親のあたしにそっくりの。

先月、寮に電話をかけて「試験勉強、頑張ってんの？」と訊ねたら、「今はそれどころじゃない」といわれた。「宿題や提出物は、ちゃんと出しなよね」といったら、「だから、それどころじゃないんだって！」と大声でいい返された。

生意気なその態度にムカッときたが、なぜやつがそういう態度なのかはわかっていた。

試合に連れていってもらえるピッチャーは4名。それに選ばれるかどうか微妙な時期であったのだ。

(あいかわらず勉強はしていないみたいだが、部活に燃えているなら、まあ、いっか)

そう思ってしばらく放っておいた。けど、あたしがよくても、まわりはよくなかったみたいだ。

またまた学校の先生に呼び出しを受けた。息子の生活態度に問題があると。宿題は提出しない、授業中は寝ている、先生が叱ると『今はそれどころじゃない』とふてぶてしく答える。

あたしが学校に呼びだされたことは、事前に息子も知っていたようで、珍しく向こうから電話があった。

「オレ」

と暗い声だ。

「悪いけど、近々に学校にきてくれる?」

「悪いのはおまえの態度だろ。ほら、やっぱりこうなった」

「わかってる。だけど、ほんとに今それどころじゃなくって」

まだいうか、このガキは! あたしはこれみよがしに大きなため息をついた。息子がつづける。

「今、停寮とか処分受けたら、ヤバいんだよぉ。部活に出られなくなるじゃんか。あんたがきてくれれば、早くに丸く収まるだろぉ」

泣いているのか、この男？

つまり、こいつの欠点は馬鹿なところなんだと思った。馬鹿だから目の前のひとつのことしか見えない。

あたしは息子にいった。

「あんた、馬鹿だね。その馬鹿を産んだのはあたしだから、尻拭いはしてやる。未成年のうちはね。ひとつ聞いておきたいんだけど、馬鹿というのは、成長すれば治るのか？　あたしも歳をとって疲れてきた」

息子は、

「治る、治すよぉ〜！」

と絶叫していた。

本人にその気持ちがあるならと、あたしは飛行機に乗って学校に向かった。先生のお叱りを親子で平身低頭で受けた。今回は親子面談だけで、処罰はないという。ぎりぎりセーフ。

……セーフじゃないっていうんだよ。この馬鹿におなじような面倒をなんどもかけられるのはたまらない。

面談が終わったあと、もう一度、きちんと説教しとこうと思って、息子の耳を引っ張り、「先生がいっていたこと、ちゃんと聞いてたか？　今、あたしの前で復唱してみ？」

と怒鳴ったら、軽く手を払いのけられた。びっくりした。息子の右腕がすっごく太くなっていたから。左腕の太さとぜんぜん違う。どれほどピッチング練習をしたら、こうなるんだろ？

息子は両手を合わせ、

「すまん。あとでちゃんと聞く。今、それどころじゃないんだよ。今日は監督が、オレのピッチング見てくれるっていってるんだ」

しょうがない、親子の話し合いは、試合が終わった後にするか。ここで話し合っても、すぐに馬鹿が治るわけじゃないし。

あたしは親として甘いだろうか。

今はそれどころじゃない。

これだけ息子が頑張っている部活動、馬鹿親のあたしは、試合中、息子が失敗しないことだけしか考えられない。じつは大切な仕事も上の空である。

中2　9月

夏が終わった。息子は地方にある学校の寮へ戻っていった。

今年の夏は、ソフトボール部に入っている息子の試合の追っかけをするつもりでいた。地区大会、県大会、全国大会の。

だけどそれって、勝ちすすんだ場合の予定であった。

せっかく飛行機に乗って観にいったのに、1回戦、地区大会で負けた。しかも、コールド負け。残念といっていいのかも微妙だ。

今となっては、なぜ勝ちすすむと信じて予定を立てていたのか自分でも不思議。

(なにかやってくれるんじゃないか、この男。破壊力のある馬鹿だから)

それがあたしの息子の評価だからか。

息子の学校の運動部は弱いと、聞いていたというのに。なにしろ、東大合格がぎりぎり2桁の、地方の寮のある進学校である。きっと、学校の存続は、東大2桁死守にかかっている。

部活動が緩くても仕方ない。

　自分からすすんで勉強をするような出来すぎ君は、地元の公立進学校でトップを目指せばいい。うちの息子はそうじゃない。だからこその、学校選択だった。

　息子の学校は、成績が悪いと部活停止処分になる。先生が生徒のお尻を叩いて勉強させてくれる。遊び場所も近くにない。そこだよ、息子の学校の良いところは。

　コネも資産も持っていないあたしが子になにかしてやれるのは、勉強嫌いに勉強をさせ、ちょっと自慢が出来る学歴を作ることだと思っている。生きていく上でそれがいちばん重要なことだとは思わないが、武器になるものはひとつでも作っておいたほうがいい。いつまであたし自身、稼げるかわからないし、息子の教育に全力をかけ……なんてことを考えていた。

　しかしだよ。入学してから1年半、こうも成績が下がっていくとは思わなかった。輝かしい学歴を……ではなくて、あんた、学校にいつづけられるんですか？

　部活動にのめり込むのはいいが、寮の学習時間、疲れて寝てるらしいじゃないの？　舎看さんが起こしてくれても、起きないらしいじゃないの？

　そうそう、息子はコールド負けのソフト部の、一応、エースである。たぶん、部活内だけなんだろう、居心地が良い場所は。

　でも、成績不振で退学になったら、もともこもないよ。てか、あんたなんのためにこの学校に入ったのですか？

とにかく、試合に負けた。つぎの大会にすすめない。そうわかった時点で、夏休みの合宿もなくなったわけである。息子の敵は、もっかつぎの対戦相手じゃなく、夏休みあけのテストだ。夏休みは勉強しよう。ええ、あたしはサボらないよう張りついて見ていますとも！

あたしは燃えていた。息子も燃えていた。違う部分で。

夏休み前、地区大会の試合が終わった後、あたし、余計な一言をいっちゃったんだよね。

「よっ、ヘボピッチャー。なんで打たれてばっかいるの？」

肩を落としてベンチへ戻ってきた息子に、励ましのつもりでかけた言葉である。

帰郷した息子は、家に着くなりシャドウをしながら熱く語った。

「つぎこそは勝つ。つぎの大会は11月だから、この夏、たくさん課題があってさ。ちょっとフォームを変えたいんだよね。」

そして、呆然としているあたしの顔の前に、紙を1枚、差しだした。

「これ、この夏の予定表。この通りにやるつもりだから、飯の時間とかしっかりしてくれよ」

息子の作った予定表は朝から勉強になっていたが、午後からはピッチング練習だった。

もっと、勉強しなきゃ駄目なんじゃないの？　この夏、頑張って成績上位に……いや、そこまでは望んじゃいない。真ん中ぐらいの成績に留まるべく奮闘したほうがいいんじゃやない？

だけどあたしは、そういわなかった。だって、息子がはじめて自分から勉強をするといったのだ。奇跡か？

くるなといわれていたのに、近所の公園でピッチング練習をしている息子の姿を観にいった。ホームビデオを持参して。やるからにはビデオに撮ってフォームの確認をしたほうがいいでしょう？

公園で日焼けした真っ赤な腕が、色素定着し黒くなった。もう夏は終わり。

中2　11月

マウンドにゆっくり歩いていく息子。投球前、キャッチャーに向かって、何度も首を振るんだよ。

ほんとうは、生真面目なキャッチャーと我が儘なおまえは水と油で、それほど仲良くはないはずだ。サインの研究なんてしていないんじゃない？　いや、速球と緩球の2つだけ決めているのか。不器用なおまえは未だカーブは投げられないはずだし。

そして、打たれても絶対に表情は変えない。しかし、三振を取るとついニヤニヤしてしまうから、後ろを向くんだよ。

まだ観にいっていないのに、ここまでわかる母親ってすごくないか。

来週、息子のソフトボールの試合がある。息子は先発で登場するらしく、飛行機に乗って観戦しにいくつもりだ。

もちろん、きてくれなんていわれていない。

きてくれといわれていないが、観にいきたいから観にいくのである。

夏の試合はせっかくビデオカメラで撮ったにもかかわらず、手ぶれが酷く、観られたもんじゃなかった。

今回の試合のために、立派な三脚を買った。ビデオカメラのバッテリーが切れるといけないから、予備のももう1個、買っておいた。

ああ、悔しいが、あたしはあの男が大好きなんだなぁと思う。

あの男がもっか大好きなのは、同級生のE子ちゃんだけど。E子ちゃんのことしか頭にないみたいだけど。

中間試験の成績が、いきなり90番もアップした。それもそのはず、あの男はあたしに再三電話してきて、「成績順位が10番上がったら1０００円の報奨金な」と粘り強い交渉をしていたのだった。

試合を観にこいとはいわない、が、その交渉のためだけにあたしに何度も電話をかけてきた。

理由はデート費用がほしいから。おなじ寮生の友達のお母さんから教えてもらった、最近、彼女が出来たって。名前はE子ちゃんで、色白の可愛らしい優等生だって。

月の小遣いは４０００円と決めている。あいつは貯めとくなんて出来ないだろうし、たしかにはじめてのデートで4000円しか持っていないのは心もとないかもしれない。

褒美を金にするというのは嫌な気分だが、約束は約束だ。

あたしはいった。

「わかった、9000円な。ところでなんに使うの？」

息子は黙っていた。質問を変えてみた。

「ところで、なんでそんなに成績が上がったの？」

「試験期間中、部活休みだったから、ずっとFの部屋にいた」

Fくんといえば、学年でぶっちぎりトップの天才だ。天才が風邪のようにうつるわきゃないだろう。わからないところもわからないようなおまえが、どうした？　あたしがそういうと息子は、

「試験に出るとこ教えてもらった」

と答えた。

もう、みなまでいわなくてもわかる。おまえ、どうやって試験勉強したらいいかもわからず、とりあえず天才Fくんの部屋に押し掛けたんだろ。Fくんはそんなおまえに迷惑し、しょうがないから「ここら辺出ると思うよ。あとは自分の部屋でやって」と教えてくれたんではないか？　おまえはしつこいから、試験期間中は毎日Fくんの部屋にいったんだ。だか

ら今回、どの教科も大きなミスがなく、成績が上がった。

Fくんとは部活も違う。ずうずうしい男だよ。

そこまで一瞬のうちで想像した。想像している途中で、

「9000円な、絶対な」

といわれて通話が切れた。

Eちゃんからの電話だったら、こんな風に切らないはず。なにしろデートにうきうきなんだから。

デートは部活のない日曜か。あいつは普段、ジャージしか着ないけど、たった1枚持っているジーンズを穿いていくわな。上は最近送ったばかりのボーダーのパーカーか。

寮は朝勉があって昼の12時からしか出られないから、駅で待ち合わせをし、映画を観て、公園を散歩して、お茶をするぐらいか。映画あたりから、ずっと「手をつなぎたいな」なんてことを考える。だけど、勇気がないから出来ない。

でもって寮の帰宅時間になり、走って帰る。待ち構えていた友達に、「どうだったよ？」なんて聞かれる。格好つけのおまえは、「ん？　秘密」と答える。デートのスケジュールはサッカー部のモテ男Gに相談したもので、知られていること以外、秘密なんてないくせに。

そして、寝る前に「今日のオレ、どうだっただろ」なんて考えこんで、その夜は眠れない

に違いない。

こんなもんだろ。話してくれなくてもいいよ、だいだいのことはわかるから。どうだ、母の想像力。

Column 04

将来どんな人になりたいか

息子は中学校から高校へ上がる。上がるといういい方をするのは、中高一貫校だから。成績が良くない、素行も良くない、息子はきっと、ぎりぎりで高校に上がれたのじゃ。学校から手紙が送られてきたり、電話があったりすると、あいつはまたなにかしでかしたとあたしは怯える。

今回も、学校からの手紙の封を開けるのに時間がかかった。開けてみたら、進路相談の案内だった。将来なにになりたいのか。そのためには、理系を選ぶべきなのか、文系を選ぶべきなのか、担任を交えて三者面談を行うという。

目先の恐怖に怯える親子に、そんな先のことまで考えられるわけがない。が、一応、三者面談前に息子と話し合ってみた。

「将来、どうする？」とあたしは訊ねた。

「知らね」と返事がかえってきた。

「知らないじゃすまないよ。自分のことだろ。高校から授業選択で、理系か文系か、選ばなきゃならないんだから」

「それは決めてる。オレ、文系。物理、死ぬほど嫌いだから」

〇〇（将来の職業）になりたいから理系、〇〇になりたいから文系、ではなかった。古文と物理、どっちが嫌いかという低次元な話だったわ。

しかし、息子のことを考えれば、今のうちから具体的な進路を決めておくほうがいいのかもしれない。目指す学部ぐらいは。でないと、余計な勉強にも力を注ぐことになる。あ、学校や先生は余計な勉強などない！　っていうに違いない。正論だ。無駄な知識などない！　というような。

けど、うちの息子は、ものすごーく勉強が嫌いだ。少しでもやらねばならないことの、分量を減らしたい。留年の恐怖や退学の恐怖をぎりぎりクリアし、大学受験という勝負に挑まなきゃならないのだ。

ふいに、息子が口を開いた。

「そういえば、この間、将来についてのアンケート調査があったよ。オレ、適当に書いておいた」

「なんて、記入したの？」とあたし。

「よくわからないから、『国を動かす人』って書いておいた。ほら、あんた、オレが子どもの頃からよくいってるじゃん。『男として生まれてきたからには、国を動かすような人間になれ』って」

たしかに、あたしはそういって息子を育ててきた。男なら、国を動かすような、デカ

Column 04

い人間を目指せと。

間違ってはいないと思う。ただ、中学3年の三者面談の進路相談で、その答えはアリだろうか。先生は、ふざけていると感じただろうか。

それが、あたしたち親子の真面目な夢だったとしても。

おまけ　ある中坊の夏休みの宿題（青年の主張）

『ソフトボールの楽しさ』

僕はソフトボール部です。ピッチャーをしています。ピッチャーはマウンドに立つと、とても緊張します。

だけど、後ろにいる守備の連中や、僕の動きを真剣に見守ってくれるキャッチャーがいるので頼もしいです。

じつは、僕は初めサッカー部に入ろうと思ったのです。サッカーをしている男子はモテる気がしました。でも、寮で一番最初に一緒の班になった友達が、みんなソフトボール部に入ると言い出しました。友達は「男は野球」と当然のように言いました。その時はその言葉につられましたが、未だにサッカー部のほうがモテるような気がしています。

とにかく、僕は団体でする球技がしたかった。

なぜかというと、僕の小学校は、六年生の男子が十人しかいませんでした。なので、団体でやる球技はほとんど出来ませんでした。

小学校に運動部がなかったので、僕は学校が終わった後、ボクシングジムへ通っていました。ボクシングジムは勝手に好きな時間にいって、好きな練習をします。なわとびをしたり、鏡の前でシャドーをしたり。たまにコーチが教えてくれるけど、一人でする競技なので孤独でした。

その点、ソフトボールは最高です。最初の自己紹介の時だけ緊張しました。つい僕は、「守備はどこでもがんばります」と言ってしまった。野球のルールを知らないどころか、キャッチボールもしたことがなかったのに。ボクシングをやっていたので、初めにハッタリをかますというのがくせになっていたのかもしれません。

初めの練習では、友達の上手いプレーをただ後ろで見ているだけでした。友達と遊び半分で投げていても、「ノーコン野郎」とからかわれていました。なにが楽しいのか、正直わからなかった。けれど、ある時、一球だけまともに相手のクラブにボールがスパンと入ったのです。とても気持ちよかった。それから相手を見つけてはピッチング練習をしました。

ずっと投げていると、コントロールもマシになってきました。顧問の先生が「マウンドで投げてみろ」と言ったので、マウンドで投げてみました。グラウンドの真ん中、みんなの中心で投げるのは、もっと気持ちよかった。「中学生とは思えないくらい球が速い」、先生にそういわれて自信がつきました。僕がやりたいのはピチャーだとわかりました。

そして一年生の時、総体試合がありました。A中学との試合、1回表を0点に抑えたのもつかの間、

20 x 20

あっという間に5回コールドで負けてしまいました。2回戦目のB校戦は先輩達が4回まで投げ、最後の回を僕が投げましたが、5回10－0でコールドで負けました。悔しかったです。

夏休みは毎日、二百球投げ込みました。おかげで、僕達の学年が主役の次の新人戦では、11－8で勝ちました。B中学とも1－1の同点でした。僕が先発ピッチャーです。

僕はソフトボールが好きです。守備の時、ピッチャーだけが一対一で敵と戦う競技ですが、後ろに仲間がいるのがいい。ファーストは確実な男で、セカンドは判断力バツグンで、ショートは守備の要で、サードは驚くべき反射神経で、ライトは肩が良くて、センターは足が速くて、レフトも肩が良くて、キャッチャーは口うるさいところもあるけど、僕の相棒。そして、ピッチャーはカッコいいスターのオレ！

試合に女子が応援に来てくれたら、僕たちは優勝できると思います。A中学にもB中学にも、サッカー部にも負けません。

母の感想

馬鹿ですね。この男は誰と戦おうとしているのでしょうか。サッカー部はさておいて、試験で赤点をとったら部活停止になるのです。まずはそこ！

高校生になった息子へ

もちろん、この本は息子に内緒で出版してます。

あの男、最近、オレのことはほっといてくれよとぬかす。その後はだんまりだ。

ほっとけるわけないじゃん。だって、あたしのすべてなんだから。それともっとあたしに構ってくれよ、と思う。

今はソフトボールとギターに夢中だ。まるで、あたしのことなんて忘れてしまったかのよう。無視すんなよ、もう。

いや、この強引な母を無視し、自分の置かれた場所で、鬱憤の晴らしどころを勝手に見つけてきたことは誉めてやるべきことだろう。

たぶん、真っ向から自分の人生と闘っていく覚悟が出来たのだと思う。

他者の中の自分というものもわかってきた。以前は、他者は関係なく、自分、自分、だったもの。

高1の現在、暴れん坊の息子は不気味なほど静かになった。それだけ、理想と現実のギャップを埋めようと、内側でもがいているに違いない（と母は想像している）。将来へ無限の夢を見られた時期は終わった。自分は何者で、これから先どういう生き方をするのか、きっとものすごく悩んでおる。

そういえば、小学5年生くらいから『ほっといてくれ』という言葉を使いだしたが、そのときの『ほっといてくれ』と今の『ほっといてくれ』とは違う。今の『ほっといてくれ』は、言葉に刺がない。

昔はそういいながらも『自分をわかってくれ』といっていたのよね。が、今はほんとうにそのままの意味、しばらくそっとしておいてもらいたいみたい。

静かになった息子の体には、見えない刺のバリアーが張られているようだ。あたしに刺を放つことをやめにしたあいつは、そうやって自分の殻に閉じこもりなにかをじっくり考えているのだと思う。

なぁに、そのうちバリアーも消える。あいつが自分の中で、理想と現実の折り合いをつけられたときに。他人に、ちょっとやそっとじゃ傷つけられないという自信を持ったときに。オレはオレ、そう開き直れたときに。

静かになった息子とは、距離感が大きくなった。近くにいても心が遠い。だから、たまに息子が知らないお兄さんに見えたりもする。

手足が長い、しかめっ面をしたお兄さん。そのお兄さんが友達と笑っている。その笑みはあたしに向けられたものじゃないけど、離れたところから見ていてもドキッとする。

あたしはただただ息子が眩しい。

2016年5月　室井　佑月

追伸　偶然、この本の出版日は息子の誕生日と重なった。
生まれてきてくれて、ありがとう。

本書は、フリーマガジン「５Ｌ」（ファイブエル）にて
連載中のエッセイ（２００９年10月号〜２０１６年４・５月号）に加筆修正を行い、
書き下ろしコラムや３コマ漫画を加えて構成したものです。

ブックデザイン　山本知香子
漫画　ゆづきいづる
写真　中村琢磨
DTP制作　田中知里（明昌堂）
校正　麦秋アートセンター
協力　木村政雄・池田大作・小浦友資
編集　井上晶子

室井佑月　むろい・ゆづき

1970年、青森県生まれ。雑誌モデル、銀座・高級クラブでのホステスなどを経て、1997年に「小説新潮」主催「読者による『性の小説』」に入選し、作家デビュー。小説家、随筆家、タレントとして多岐にわたり活動。歯に衣着せぬ純粋な発言と、自由奔放で鮮やかな感性が主に女性読者の共感を呼び、注目を浴びる。2000年に第一子となる男児を出産。近年は、シングルマザーとして子育てをしている立場から、教育問題をはじめ日本社会が抱えるさまざまな問題にも鋭い切り口で言及している。「週刊朝日」や「女性自身」などで連載しているほか、TBS系「ひるおび！」、「中居正広の金曜日のスマイルたちへ」でのレギュラー出演をはじめ、ラジオやテレビなどでコメンテーターを務める。著書に『熱帯植物園』（新潮社）、『血い花』（集英社）、『ラブ ゴーゴー』（文春ネスコ）、『あぁーん、あんあん』（マガジンハウス）、『子作り爆裂伝』（飛鳥新社）、『ラブ ファイアー』（文春ネスコ）、『ママの神様』（講談社）などがある。

息子《むすこ》ってヤツは

印刷　2016年6月15日
発行　2016年6月30日

著者　室井佑月《むろいゆづき》

発行人　黒川昭良
発行所　毎日新聞出版
〒102-0074　東京都千代田区九段南1-6-17 千代田会館5階
電話　営業本部　03-6265-6941
図書第一編集部　03-6265-6745

印刷・製本　廣済堂

ISBN978-4-620-32389-3